全國高等院校古籍整理研究工作委員會重點項目

浙江大學「211工程」三期「古代文化典籍整理、研究與保護」項目

義烏叢書編纂委員會
浙江大學浙江文獻集成編纂中心 編

凝香閣詩稿校注

[明]倪仁吉 著
樓含松 金玲 校注

中華書局

圖書在版編目(CIP)數據

凝香閣詩稿校注/(明)倪仁吉著;樓含松,金玲校注. —北京:中華書局,2022.5 (2024.5 重印)
(義烏叢書・義烏往哲遺著叢編)
ISBN 978-7-101-15547-1

Ⅰ.凝… Ⅱ.①倪…②樓…③金… Ⅲ.古典詩歌-詩集-中國-明代 Ⅳ.I222.748

中國版本圖書館 CIP 數據核字(2021)第 278975 號

書　　名　凝香閣詩稿校注
著　　者　〔明〕倪仁吉
校 注 者　樓含松　金　玲
叢 書 名　義烏叢書・義烏往哲遺著叢編
責任編輯　梁五童　喻　濟
責任印製　陳麗娜
出版發行　中華書局
(北京市豐臺區太平橋西里 38 號　100073)
http://www.zhbc.com.cn
E-mail:zhbc@zhbc.com.cn
印　　刷　三河市中晟雅豪印務有限公司
版　　次　2022 年 5 月第 1 版
2024 年 5 月第 3 次印刷
規　　格　開本/880×1230 毫米　1/32
印張 7⅞　插頁 2　字數 130 千字
國際書號　ISBN 978-7-101-15547-1
定　　價　89.00 元

總序

汩汩義烏江，從遠古流來，流過上山文化，流經烏傷古縣，流入當今小商品之都，流成一條奔涌着兩千兩百餘年燦爛文明浪花的歷史長河。

義烏江流域，山川秀美，物華天寶，文教昌盛，地靈人傑。自秦王政始置烏傷縣，兩千兩百多年的歷史時期，勤勞智慧的義烏人在此耕耘勞作，繁衍生息，改造山河，創造了璀璨的歷史文化。

義烏地方文化，是中華民族文化的組成部分，因其獨特的地理環境和歷史原因，又具有自身鮮明的特徵。

義烏文化的獨特性，體現在「勤耕好學、剛正勇爲、誠信包容」的義烏精神裏，體現在「崇文、尚武、善賈」的義烏民俗裏，體現在「博納兼容、義利並重」的義烏民風裏。義烏精神及民風、民俗遂成爲源遠流長的中華民族文化之泓泓一脈，成了中國歷史上不可或缺的一頁。千百年來，義烏始終在傳承着文明，演繹着輝煌，從而使義烏這座小城魅力無限。

義烏自古崇尚耕讀，特别是唐代之後，學風漸盛，素有「小鄒魯」之稱。自宋以來，縣學、社學、書院及私塾等講學機構多有設立，而「莅兹土者，莫不以學校爲先務」。故士生其間，勤奮好學，蔚成風氣，學有成就，燁燁多名人。並且，輻射出巨大的文化能量，不僅本地名儒代有，在浩浩學海與宦海中大展宏圖，而且還活動過、寄寓過數不勝數的全國各地的文化名人，從文人學者到書家畫師，從能工巧匠到杏林名家，其生動活潑的文化創造與傳播，綿延不絶的文化承續與傳遞，從來没有湮滅或消沉過。在博大精深的中華文化領域裏獨樹一杆頗具特色的義烏文化之幟，在優雅千載的儒風中誕生了許多屹立於中華民族之林的英傑。也正是文化底藴的深厚與文化内涵的博大，造就了令人神往的義烏，使其作爲中華文化淵藪的鮮明形象而歷久彌新。

歷史，拒絶遺忘，總要把自己行進的每一步，烙在山川大地上。

時間逝而不返，它帶走了壯景，淘盡了英雄，留下了無數文化勝迹和如峰的聖典。只有在經過無數教訓和挫折之後的今天，人們才逐漸認識到作爲一個複雜系統的組成部分，城市的各要素所具有的種種不可替代的價值和功能，它們飽含着從過去傳遞下來的信息，而《義烏叢書》正是記録這些信息的真實載體。

歷史是無法割斷的，許多古老的文化至今仍然在現實生活中發揮着重要作用。當我們向現代化的目標邁進時，怎樣繼承古老文化的精華，剔除其封建糟粕，在傳統文化的基礎上建立社會主義新的文化格局，是一個擺在我們面前與物質生産同等重要的任務。

一位哲學家曾經説過，哲學就是懷着鄉愁的衝動去尋找失落的家園。今天，我們正處於一個重要的歷史性轉折時期，越來越多的有識之士也開始意識到，對民族民間文化源頭的追尋迫在眉睫。鑒於此，我們編纂出版《義烏叢書》，具有深遠的歷史和現實意義：

搶救文化典籍，古爲今用 文化典籍中的善本古籍，是前人爲我們留下的寶貴精神財富和歷史見證，極富文獻價值和文物價值。義烏歷代文士迭出，著述充棟。這些歷經滄桑而幸存下來的「國之重寶」，或出於保護的需要，基本封存於深閣大庫，利用率甚低；或由於年代久遠，幾經戰亂，面臨圮毁。如今，《義烏叢書》編纂工作的啓動，爲古籍的保護與使用找到結合點，通過影印整理，皇皇巨著撣除世紀風塵，使其化身千百，爲學界所應用，爲大衆所共享；同時，原本也可以得到保護。真可謂是兩全之策，是爲民族文化續命，是爲地方文化續脈。

繼承傳統文化，發揚光大　在義烏歷史上，有許多人文典故值得挖掘，有許多可歌可泣的先進事迹值得記載。撥浪鼓文化需要傳承，孝義文化值得發揚，義烏兵文化應予光大。但由於歷史上的義烏是個農業縣，文化底蘊雖然深厚，載入史册的却寥若晨星。而深厚的歷史文化傳統能孕育和産生强大的文化力，能爲塑造良好的城市形象提供重要基礎，這種文化力所形成的精神力量深深熔鑄在城市的生命力、創造力和凝聚力中，是推動城市經濟和社會進步的内在動力。因而，《義烏叢書》編纂者堅持傳統文化與現代文化相銜接，精英文化與大衆文化相兼顧，創作出義烏歷史上從未有過的文化系列叢書，既是精神文明建設的需要，也是物質文明建設的需要。

追溯文化發源，承前啓後　義烏經濟的發展，並非無源之水，無本之木。「參天之木，必有其根；環山之水，定有其源。」義烏發展的文化之源、義烏商業的源流之根、義烏文化圈的形成特質，包括宋代事功學説對義烏「義利並重、無信不立」文化精神的影響，明代「義烏兵」對義烏「勇於開拓、敢冒風險」文化精神的影響，清代「敲糖幫」對義烏「善於經營、富於機變」文化精神的影響等。因而，如何用文化來解讀義烏，也成了《義烏叢書》的重要組成部分。

廣義的文化幾乎無所不包，狹義的文化基本限於觀念形態領域。從以上包含的內容可看出，《義烏叢書》對「文化」的界定，似乎介於廣、狹之間，凡學術思想、哲學原理、科技教育、文學藝術等多個類别與層次，均在修編範圍之内。

幾千年歲月藴蓄了豐贍富饒的文化積澱。面對多姿多彩、浩瀚博大的義烏文化形態，我們感受到了其内在文化精神的律動。

保存歷史的記憶，保護歷史的延續性，保留人類文明發展的脈絡，是人類現代文明發展的需要。如今，守望歲月的長河，我們不能不呼籲，不要讓義烏失去記憶。

《義烏叢書》卷帙浩繁，她集史料性、知識性、文學性、可讀性、收藏性於一體，以翔實的史料、豐富的題材、新穎的編排，全景式地再現了江南「小鄒魯」的清新佳景和禮儀之邦的精深内涵。走進她，就是走進時間的深處，走進澎湃着歷史的向往和時代的潮音的實地，去領略一個時代的結束，去見證另一個時代的開始。宏大精深的傳統文化曾經是，也將永遠是義烏區域文化賡續綿延的基石，也是義烏繼續前進乃至走在全省、全國前列的力量。在建設國際商都的進程中，搶救開發歷史文化遺産，掌握借鑒先哲遺留的豐碩成果，是全市文化學術界的共同期盼。因而，編纂這套叢書既是時代的召唤，也是時勢的需要。

習近平總書記近年來一直强調，文化自信是更基礎、更廣泛、更深厚的自信。我們認爲，地方文化是中華文化的本質特徵和根本屬性，是中華文化的重要代表。我們對地方文化源頭的追尋，正是爲了堅定我們中華文化的自信。這也正是我們編纂出版《義烏叢書》的主旨與意義所在。

義烏叢書編纂委員會

目録

凝香閣詩稿

宫意圖詩……九七

山居雜咏

前言

倪仁吉（一六〇七—一六八六），字心惠，浙江浦江人。父倪尚忠，字世卿，明萬曆二十六年（一五九八）進士，授廣東順德縣令，遷江西吉安府同知。萬曆三十五年仁吉生，是年尚忠致仕。兄倪仁禎，崇禎十年（一六三七）進士，授太常博士，擢禮科給事中。仁吉生於仕宦之家，自幼受到良好的家庭教育，「七歲授《女誡》諸書，甫成誦，即喟然慕曹大家之爲人。十二三能詩，兼善繡及書畫」（《龍池倪氏宗譜》卷八《淑媛凝香主人傳附序并詩》）。尚忠於女教導甚勤，仁吉跋其父《小西湖八景詩》云：「不孝吉憶承先大夫授書時，甫十歲，蓋見視猶小男也。迨十四，不幸失先太孺人，則父也而兼母矣。」年十七，仁吉適義烏邑庠生吴之藝爲妻。之藝亦爲官宦之後，曾祖吴百朋官至刑部尚書，爲一代名臣；祖父大纘、父存中、長兄之器，皆有文名。不幸的是，之藝因從兄負土葬父成疾，臨終時囑妻以奉母撫孤之事，時在明天啓六年（一六二六）。仁吉年甫二十，誓不再嫁，「自嫠居後，行不窺堂，衣不易素。事姑閲十三載，姑亡，刻像供室中三十餘年，朝夕奉之」（《雍正義烏縣志》卷一五《列女》)。又撫育和訓課之藝伯兄次子雲將、仲兄次子雲亭、叔兄次子雲津三人,甚有成績。清康熙十二年(一六七四),同里士民公舉節孝全貞,朝廷給銀建坊表彰。仁吉晚年「戴絨帽,着褐衣,焚香晏坐,校勘圖史。或風日佳娱,命竹輿,帶女婢,流覧山水,得句則出名紙,以精毫書之,類山野間耆儒名士,不類閨閣中人云」(清王崇炳《金華徵獻略》卷一五《貞烈傳》)。卒於康熙二十五年,享年八十。

仁吉能詩文,著有《凝香閣詩》一卷、《宫意圖詩》一卷、《山居雜咏》一卷,康熙初年合刻爲《凝香閣詩稿》。但康熙刻本版片毁於三藩之亂,印本今已不傳,存者僅有清嘉慶二十一年(一八一六)重刻本。其中,《凝香閣詩》收詩共八十九題凡一百五十首,又《觀先大夫詩榜》詩後附其父《小西湖八景詩》八首;《宫意圖詩》收七言絶句三十六首,係仁吉所繪《宫意圖》畫册所配題咏的合集,每首詩前皆有相關圖畫情境的詳細描述,惜《宫意圖》畫册今已不復見;《山居雜咏》收五言絶句一百四十四首,主要描寫蘭溪、浦江一帶山區的四時景物風俗。書末另附有侄女倪宜子所作七律凡七首。

仁吉早年喪夫,其詩「不幸際所天之變,鬱黄蘗之心,故其爲辭,自悼今昔異感,俯仰傷懷,無不怦怦動人者」(倪晉騔《小引》)。譬如《彈琴》:「梨花小院午風輕,謾理冰絲入太清。一片枯桐心未死,至今猶發斷腸聲。」「枯桐」用蔡邕將爨餘焦桐製成焦尾琴之典，表面寫琴，實則流露出孤鸞失匹的孤獨心境。仁吉詩風凄婉，却又不失清麗，且用情節制，寄情悠遠，「即景言景，即事言事，所謂發乎情，止乎禮義，渢渢乎一唱三嘆，鏗有餘音焉」（倪晉騂《小引》）。仁吉奉姑育侄，寡居之際，以詩文、書畫、刺繡、撫琴自遣，而中年值明末變亂和明清鼎革，晚年又經歷三藩之亂，世事滄桑，人生況味良多。王崇炳《金華徵獻略》卷一五《貞烈傳》云：「仁吉初爲艷體詩，作《宫意圖》一册，爲生平得意之作。既乃脱落華艷，一歸平淡。所著文亦閑雅，無凡近態。」按《宫意圖詩》數見時人評賞，王士禎《漁洋詩話》《池北偶談》、徐世昌《晚晴簃詩匯》等都曾徵引其中一首：「調入蒼梧斑竹枝，瀟湘渺渺水雲思。聽來記得華清夜，疏雨銀釭獨坐時。」還被選入朱彝尊《明詩綜》、康熙《御選四朝詩》等總集。仁吉《山居雜咏》作於五十二歲時，係其觀黄公望《秋山圖》有感，結合自身在明末變亂時避難歸鄉、登山選勝的經歷而作，乃以「家山野寂之景，聊攄俯仰今昔之懷，存幽居故事」（仁吉自撰《小引》），詩風歸於平淡質樸、恬然自適。如「寒浦微光淡，燒痕青意回。水亭凝眺處，猶自有殘梅。」（《春》）「漏永香篝冷，澄昏雪檻明。蕭蕭還簌簌，聽盡竹邊聲。」（《冬》）

詩文而外，仁吉善繡及書畫，繡有《十美圖繡譜》册頁一套，《鏡圖繡譜》一套，《湘靈鼓瑟繡譜》一套，惜遭寇燹，疑毁於三藩之亂。傳世繪畫有《仕女圖》（今藏浙江省博物館）、《梅鵲圖軸》、《花鳥圖軸》（今藏浙江省義烏市博物館）、《吴氏祖先畫像册頁》二十一幅（今藏浙江省義烏市青口鄉大元村）。繡品運針無迹，若切金玉，傳世可考有《春富貴圖》（今藏浙江省義烏市博物館）、《植樹圖》（今藏國家博物館，以上二者爲絲繡）、《傅大士像》（今藏日本京都國立博物館，髮繡）。

《凝香閣詩稿》屢見於浦江、義烏方志以及清代文人的著録，但傳本較少，皆非初刻。現存的版本，有如下幾種：

第一種，《凝香閣詩稿》，署「古婺倪仁吉心惠著」。又附《倪宜子詩》，倪仁吉侄女倪宜子撰。清嘉慶二十一年（一八一六）仰止堂重刻本，上海圖書館古籍部藏（簡稱「上圖本」）。左右雙邊，白口，黑魚尾，版心上端有「凝香閣詩稿」五字，下端有頁碼。每半葉八行，行二十至二十三字不等。封底有「陳碧玲售，一册二元」，當爲書賈所記，知此書當爲全帙。卷首依次爲《凝香閣稿序》（康熙甲辰春月王澧作）、《凝香閣詩序》（康熙甲辰孟冬張德行作）、《小引》（康熙壬寅季秋倪晉駱作）、《再刻凝香閣詩序》（嘉慶丙子孟秋陳雲友作）、《重刻凝香閣初集小引》（無署名）。《宮意圖詩》卷端各序依次爲《宮意圖詩敘》（康熙癸卯春暮張星瑞作）、《序》（康熙壬寅秋張以邁作）、《叙》（康熙壬寅倪晉駱作）。《山居雜咏》卷端有《小引》，署「時己亥春初凝香閣主人書」，即倪仁吉自撰《序》。卷後有《題後》，署「時己亥春日侄孫晉驕敬識於香草園」。全書卷後有《重刻凝香閣詩跋》，署「嘉慶丙子季秋吴寧後學韋嵩壽拜跋」。

第二種，《凝香閣詩稿》，義烏市圖書館藏（簡稱「義烏本」）。首頁題「嘉慶丙子重刊，仰止堂藏板」，與上圖本當爲同一系統。此本的天頭、地脚、文中有多處校者手書按語、批注，校者未詳何名。封面有「鏡水閣藏」四字。正文之前的序引以《凝香閣詩序》爲首，而無上圖本之《凝香閣稿序》。《凝香閣詩序》後接手寫之《小序》，署「康熙甲辰長至日侄男一膺敬題」，爲上圖本所無。其次爲倪晉驕《小引》，再下頁有手寫兩行：「倪氏仁吉，字心惠，浦江吉安郡丞尚忠女，年十七，歸之藝公，年六十，有《凝香閣稿》。」後接《再刻凝香閣詩序》《重刻凝香閣初集小引》。《宫意圖詩》《山居雜咏》卷首各序及全書最後跋文全同上圖本。

按校者用映寫本、《縣志》等對義烏本作了校勘，其中所謂「映寫本」，疑爲《凝香閣詩稿》康熙初刻本的影鈔本，試證如下：一是署「時康熙甲辰長至日侄男一膺敬題」的《小序》，校者眉批云「此《小序》手録於映寫本」。清乾隆三十八年（一七七三）刊朱琰《金華詩録》卷四四「倪仁吉」條「有《宫意圖詩》《四時山居雜咏》《凝香閣詩集》」注引「倪一膺序」，係節自該《小序》，可知朱琰所據本有倪一膺《小序》。二是眉批云映寫本無《再刻凝香閣詩序》《重刻凝香閣初集小引》《重刻凝香閣詩跋》三篇重刻本新增序跋。三是眉批所録映寫本異文，兩可而外，有勝於重刻本或可正重刻本之誤者。如重刻本《贈丁貞女》「冰心已暮衛姬風」，「暮」映寫本作「慕」，當據正；同篇「千秋高行誰堪擬，孤月常懸雲外峰」，映寫本「雲」作「雪」；再如重刻本《題自寫麗人圖》「察轉沉思應有得」，映寫本「察」作「宛」，當從之。另，校者於《宫意圖詩》封面注云：「映寫本具（俱）香草園藏板」，與重刻本作「仰止堂藏板」或「仰止堂」者不同，疑作「香草園藏板」者爲初刻本原貌。

第三種，《凝香閣詩稿》鈔本，含《凝香閣詩》《宫意圖詩》，上海圖書館古籍部藏（簡稱「滬鈔本」）。烏絲欄，四周單邊，無書口、魚尾，版心下端有八分書「白雲垒」三字。每半頁九行，行十四到十六字不等。書首各序全同上圖本。

第四種，《龍池倪氏宗譜》所録《凝香閣四時宫意圖詩》，清光緒末年倪邦爐鈔本，不分卷（簡稱「蘭鈔本」）。詩前有倪安潤題識：「疑（凝）香閣詩久矣湮没無傳，舊譜所載，有目無文。幸於光緒暮年，余侄邦爐肄業於蘭邑斌新學堂得之，即手鈔録，以爲家珍。今適修家乘，刊載以公同好云爾。大清宣統元年夏月，孫安潤謹識。」

需要説明的是，第三第四種都不是全帙。

本次整理，以義烏本爲底本，上圖本爲對校本，滬鈔本、蘭鈔本爲參校本，并對各序跋和正文酌情加以注釋，爲讀者提供一個可信、可用的讀本。爲避繁瑣，增筆、減筆異寫字徑改爲規範繁體字，異體字略作統一，不出校，對於底本的佚名批注則擇要收入校記。本書的標點、校勘、注釋，若有不妥之處，敬請讀者指正。

凝香閣詩稿

凝香閣稿序①

蓋詩道之日敝也。充筐篚則天真特少，盛餖飣則比興用希〔一〕，二者唯閨咏絶無之，較於風人之義爲近。顧禬屏之際〔二〕，有江漢之廣永〔三〕，則作者或不傳；薌澤之侣〔四〕，罕直諒之切劘〔五〕，則傳者或未工。若夫上瑶阜以徵奇，適芸館而搜秘，則烏傷倪孺人所著，爲難能矣。孺人乃前進士浦陽葵明公女，曰嬪於吴，是爲年家季兄稚游氏之元配。蓋不啻若叔皮之有惠姬〔六〕，而秦嘉之得徐淑也〔七〕。時惟其先大司寇襄毅公〔八〕，名在景鐘〔九〕，慶流裔葉，而孝廉公以丙辰公車〔一〇〕。年伯字名公〔一一〕，以乙酉乙榜②，後先捐館於燕之京。懿惟年伯母龔太孺人，乃憲副日池公之季女〔一二〕，雅號禮宗，凛持風軌。晉公子之婦，蚤戒懷安以敗名〔一三〕；魯文伯之母，終思在勤而不匱〔一四〕。孺人雍容娣姒之後，以敬奉太孺人之教。洗手作羹，視滫瀡於昏旦〔一五〕；紉針請補，聽砧杵於清秋。在堂無跛倚之容〔一六〕，處室絶勃谿之色〔一七〕。閫言不出〔一八〕，内職允修。既而君子遐棄，驟聞黄鵠之聲〔一九〕；尊姑繼逝，孑留女貞之樹。乃能不替先訓，佐以小心，周旋井臼之間，綢繆牖户之内。履畝而斂粢盛〔二〇〕，恒致虔於伏臘〔二一〕；負土以栽松檟，亦斟酌乎斧堂〔二二〕。檀弓，深於變禮者也，孺人其有焉。久之，覓字燼餘，發藏壁裏〔二三〕，得見以南以雅之什〔二四〕、白雲黄竹之篇〔二五〕，以及騷歌樂府、古近諸體，口誦手披，浹乎歲月。心也憤悱，杼軸斯靈〔二六〕，開琉璃之硯匣，墨瀋焕綃縠之文；展翡翠之筆床〔二七〕，毫端散蕙荃之氣。謂《葛覃》《芣苢》之賦〔二八〕，蓋自古而有之矣。

余不佞辱於尊伯氏神山子同籍〔二九〕，酉春登婺星之樓〔三〇〕，攬風聲於遒鐸；卯秋過明月之館〔三一〕，得義問於旦評〔三二〕。亦嘗見墨妙，旁及丹青，并逸妙之絶倫，幸大雅之可繼。乃心欽賞，爲賦二詩，迄今十有六年矣。邇者省侍陳情，歸自郎署，神山子貽我尺素，獲見兹編，如謁麻姑之坐，拾米而得丹砂〔三三〕；恍游帝子之祠，爲裳而收香草〔三四〕。亦可洗夙昔之塵土，暢平生之拳跼也已。夫物以稀有爲珍，亦以乍見爲貴。龍泉既出，則赤土以拭其光；文錦方舒，則江波以濯其彩。惟此區區之言，又烏可已哉。要以區明風烈，而昭我彤管〔三五〕。願陳溪郡之詩，用佐太師之采云爾〔三六〕。

時康熙甲辰春月之吉賜進士出身任金華府知府年家眷弟虞山王灃息庵氏題於樹滋之堂〔三七〕

【校】

①本序底本無，據上圖本校録。

②乙酉：當作「己酉」。明許弘綱《群玉山房文集》卷四《明故介石吴公配虞孺人合葬墓志銘》：「子二，長存中，官生，娶龔氏，博學能文章，己酉試北闈，在乙榜，以憤卒。」

【注】

〔一〕充筐篚則天真特少，盛餖飣則比興用希：「筐篚」爲竹器，方曰筐，圓曰篚，宴饗時用於盛幣帛。「餖飣」亦作「飣餖」，器皿中堆疊果蔬以爲陳設。「充筐篚」「盛餖飣」謂堆砌辭藻。

〔二〕襜屏之際：指室内外的間隔。「襜」通「幨」，帷也。帷、屏俱爲内室與外堂之間的遮攔物。

〔三〕江漢之廣永：形容界限難以跨越。《詩·周南·漢廣》：「漢之廣矣，不可泳思。江之永矣，不可方思。」鄭箋：「漢也，江也，其欲渡之者，必有潛行乘泭之道。今以廣長之故，故不可也。」

〔四〕薌澤：香氣。

〔五〕直諒：正直誠信，這裏指正直誠信的人、諍友。《論語·季氏》：「益者三友，損者三友。友直，友諒，友多聞，益矣。」切劘：切磋。

〔六〕叔皮：班彪字叔皮，東漢扶風安陵人。惠姬：班彪之女班昭，《後漢書·列女傳》：「字惠班，一名姬。」《文選》李善注引《後漢書》作「字惠姬」。後文《小序》所云「扶風班氏」即指班昭。和帝時入宫教導后妃，號曰「大家」。作《女誡》，續補其兄班固未竟之《漢書》八表和《天文志》。

〔七〕秦嘉之得徐淑：秦嘉字士會，東漢隴西人，妻徐淑。二人有贈答詩傳世，《玉臺新咏》卷一收有秦嘉《贈婦詩》三首和徐淑《答詩》一首，卷九收有秦嘉《贈婦》四言詩一首。後秦嘉早亡，其兄弟欲嫁之，徐淑毁形以拒。

〔八〕大司寇襄毅公：即吴百朋（一五一九—一五七八），倪仁吉夫吴之藝的曾祖。吴百朋字維錫，明嘉靖二十六年（一五四七）進士。清王崇炳《金華徵獻略》卷九《名臣傳·吴百朋》：「萬曆乙亥，起家爲南京右都御史兼署刑部事。丁丑，晉北京刑部尚書，卒於官。謚襄毅。」

〔九〕名在景鐘：指因功勛卓著而名標青史。《國語·晉語七》：「昔克潞之役，秦來圖敗晉功，魏顆以其身却退秦師于輔氏，親止杜回，其勛銘于景鍾。」三國吴韋昭注：「景鍾，景公鍾。」「鍾」「鐘」古字通用。後以「景鐘」爲表功的典實。

〔一〇〕孝廉公以丙辰公車：「孝廉公」爲對舉人的尊稱，指吴百朋之子吴大纘（一五五三—一六一六）。吴大纘字子孝，初號玄圃，晚號介石，明萬曆十三年（一五八五）順天府鄉試第四名中式。《（嘉慶）義烏縣志》卷一五《文苑》有傳。許弘綱《群玉山房文集》卷四《明故介石吴公配虞孺人合葬墓志銘》：「或謂：『郎君自厭華轂，將如生母冠翟何？』君瞿然起謝，亟呼銀鹿，爲我治裝而上公車。蓋癸丑事也。已復失意，乃勉就揀選，而得同知，於乙榜稱高等矣，而君仍不屑也。比丙辰再上春官，則奉生母以往，謂不勝，且用潘輿，入郡舍而倏焉長逝矣。」

公車：官車，漢代以官家車馬遞送應徵者，後以公車爲舉人應試的代稱。「以丙辰公車」指吴大纘於萬曆丙辰（四十四年）赴京參加會試。

〔一一〕年伯：指吴存中（一五七八—一六〇九）。吴存中字致之，明萬曆六年（一五七八）生於京邸，是年其祖父吴百朋病殁。二十八年以父大纘移蔭入南京國子監學習，三十七年（己酉）赴北京應試，名列乙榜，不久病故，時年三十二。《（嘉慶）義烏縣志》卷一五《文苑》有傳。

〔一二〕日池公：指龔一清（一五三八—一五九二）。龔一清字仲和，號日池，明萬曆二年（一五七四）進士，歷任行人司行人、福建巡按御史、江西布政使司右參議等職。傳見《金華徵獻略》卷九《名臣傳》、《（嘉慶）義烏縣志》卷一三《名臣》。

〔一三〕晉公子之婦，蚤戒懷安以敗名：晉公子重耳逃亡至齊國，一時貪戀安逸，其妻姜氏從中勸阻。詳見《左傳·僖公二十三年》。

〔一四〕魯文伯之母，終思在勤而不匱：魯公父文伯之母敬姜，曾告誡其子要勤勉節約，不要貪圖安逸。詳見《國語·魯語下》。

〔一五〕滫瀡：用溲粉之類拌和食物使柔滑，這裏指侍奉父母、公婆的柔滑的食物。《禮記·内則》：「堇、荁、枌、榆，免、薨，滫瀡以滑之，脂膏以膏之。」鄭玄注：「秦人溲曰滫，齊人滑曰瀡也。」

〔一六〕跛倚：站立歪斜不正，依靠於物。形容輕慢怠惰。《禮記·禮器》：「有司跛倚以臨祭，其爲不敬大矣。」孔疏：「以其事久，有司倦怠，故皆偏跛邪倚於物。」

〔一七〕勃谿：語出《莊子·外物》：「室無空虚，則婦姑勃磎。」指婆媳争吵，家庭不和。

〔一八〕閫言不出：《禮記·曲禮上》：「外言不入於梱，内言不出於梱。」鄭玄注：「梱，門限也。」《釋文》：「梱，本又作『閫』，苦本反。」

〔一九〕黄鵠之聲：典出西漢劉向《列女傳·貞順傳·魯寡陶嬰》：「陶嬰者，魯陶門之女也。少寡，養幼孤，無强昆弟，紡織爲産。魯人或聞其義，將求焉。嬰聞之，恐不得免，作歌，明己之不更二也。其歌曰：『悲黄鵠之早寡兮七年不雙，鵷頸獨宿兮不與衆同。夜半悲鳴兮，想其故雄。天命早寡兮，獨宿何傷。寡婦念此兮，泣下數行。嗚呼哉兮，死者不可忘。飛鳥尚然兮，况於貞良。雖有賢雄兮，終不重行。』」

〔二〇〕履畝：考察、丈量田畝。粢盛：盛在祭器中用於祭祀的糧食。《公羊傳·桓公十四年》：「御廩者何？粢盛委之所藏也。」東漢何休注：「黍稷曰粢，在器曰盛。」

〔二一〕伏臘：伏祭和臘祭，泛指祭祀。

〔二二〕斧堂：即堂斧，指墳墓。《禮記·檀弓上》：「吾見封之若堂者矣，見若坊者矣，見若覆夏屋者矣，見若斧者矣。」「堂」「斧」本指墳墓的形狀，後以「堂斧」指稱墳墓。

〔二三〕發藏壁裏：謂發掘、整理散落的典籍。漢代曾從孔子故宅墻壁中得古文經傳，《漢書·藝文志》：「武帝末，魯共王壞孔子宅，欲以廣其宫，而得《古文尚書》及《禮記》《論語》《孝經》凡數十篇，皆古字也。」

〔二四〕以南以雅之什：指雅正的篇章。《詩·小雅·鼓鍾》：「鼓鍾欽欽，鼓瑟鼓琴，笙磬同音。以雅以南，以籥不僭。」

〔二五〕白雲黃竹之篇：白雲歌，《穆天子傳》卷三：「乙丑，天子觴西王母於瑤池之上，西王母爲天子謡，曰：『白雲在天，山陵自出。道里悠遠，山川間之。將子無死，尚能復來。』」此指懷念故人；黃竹歌，《穆天子傳》卷五：「日中大寒，北風雨雪，有凍人。天子作詩三章以哀民，曰：『我徂黃竹，□員閟寒。帝收九行，嗟我公侯，百辟冢卿，皇我萬民，旦夕勿忘。』」此指關心民瘼。

〔二六〕杼軸：亦作「杼柚」，係織布機上的梭子和筘，比喻詩文的組織、構思。《文選》陸機《文賦》：「雖杼軸於予懷，怵他人之我先。」李善注：「杼軸，以織喻也。」

〔二七〕開琉璃之硯匣、展翡翠之筆床：南朝梁徐陵《玉臺新咏序》：「琉璃硯匣，終日隨身，翡翠筆床，無時離手。」

〔二八〕《葛覃》《芣苢》：《詩·國風·周南》篇章，舊注認爲這兩篇都是頌揚婦德的。

〔二九〕神山子：指吴之器（一五九六—一六八六）。吴之器字賜如，號神岳，係吴百朋曾孫，吴存中長子，倪仁吉夫吴之藝長兄。明崇禎十五年（一六四二）舉人。著述較豐，清黃虞稷《千頃堂書目·傳記類》著録《婺書》八卷，另有《婺書別録》《明月齋稿》《明月齋後刻稿》等。傳見

《金華徵獻略》卷一二《文學傳》。

〔三〇〕婺星之樓：八咏樓。《（萬曆）金華府志》卷二四《古迹》：「八咏樓：在府學西。齊隆昌初，太守沈約建，名玄暢樓，有《八咏詩》。宋至道間，知州馮伉易今名。景祐三年，知州林洙重建。近改爲星君樓之玉皇閣，道士移其扁八咏門城樓上。」「扁」後作「匾」。吴之器曾結八咏樓社。

〔三一〕明月之館：吴之器書房名明月齋。《（雍正）浙江通志》卷一八一《人物六·文苑四·金華府·明》：「（吴之器）所著《婺書》及《婺書別録》《明月齋稿》《明月齋後刻稿》。」

〔三二〕旦評：即「月旦評」，謂品評人物或作品。《後漢書·許劭傳》：「初，劭與靖俱有高名，好共核論鄉黨人物，每月輒更其品題，故汝南俗有『月旦評』焉。」

〔三三〕如謁麻姑之坐，拾米而得丹砂：典出晉葛洪《神仙傳·王遠》：「麻姑欲見蔡經母及婦侄，時經弟婦新産數十日，麻姑望見，乃知之，曰：『噫！且止，勿前。』即求少許米至，得米，便以撒地，謂以米祛其穢也。視米，皆成真珠。」

〔三四〕恍游帝子之祠，爲裳而收香草：《楚辭·九歌·湘夫人》：「帝子降兮北渚，目眇眇兮愁予。」又《楚辭·離騷》：「紉秋蘭以爲佩」「集芙蓉以爲裳」。

〔三五〕區明風烈，而昭我彤管：語出《後漢書·列女傳贊》：「端操有踪，幽閑有容，區明風烈，昭我管彤。」唐李賢注：「管彤，赤管筆。」

〔三六〕太師之采：《漢書・食貨志上》：「孟春之月，群居者將散，行人振木鐸徇于路以采詩，獻之大師，比其音律，以聞於天子。故曰：王者不窺牖户而知天下。」唐顔師古注：「大師，掌音律之官，教六詩以六律爲之音者。」

〔三七〕王澧（一六一六—一六九二）：字楚先，別字蘭陔，常熟人。明崇禎十六年（一六四三）進士。《（康熙）金華府志》卷一一《官師一・明知府》：「王澧，南直常熟人，進士。崇禎十七年任。」事迹見王士禛《奉政大夫刑部雲南清吏司郎中王公澧墓志銘》（載錢儀吉輯《碑傳集》卷五九），傳見《（乾隆）常昭合志》卷九《人物》。

凝香閣詩序

夫詩道性情也。品衡士女，亦有出性情外哉①。直而温，寬而栗②〔一〕，蓋自有虞已詳③。依永和聲之學〔二〕，雖云性感而動，情往以深，一唱三嘆，究惟志和節雅者近是。於以論詩，學士或難之，矧閨閣間乎？彼閨閣者，外内一閾，限同天塹，不似學士家可借師友進其業，山川蕩其胸，朝廟典制宏其識。且副笄一加〔三〕，兩瑱垂垂〔四〕，便不能不委佗其容，山河其體〔五〕，又不似學士家可任偏才標勝，逸致横飛者。嘗讀宫閨詩，至王少伯、韓君平諸什〔六〕，誠謂極妍盡態，然脱自學士口中，假以爲閨作，不又群傷其冶否？允矣詩之難在性情④，性情之尤難在閨閣也。吾每言女不易才，才之誤女，亦自不少⑤，非獨淑真、易安徒流綺靡〔七〕。卓文君何如才？今咏《白頭吟》〔八〕，矜憤恢排，未免琴心猶寄臉上芙蓉。曷若秦嘉婦，情敬罔忒，出言有章，縱令不毁形、不傷生，見所貽書若詩⑥，有不愾然欽其性情之獨粹哉！

余因有感於凝香閣倪子心惠也。倪子壼操家學，具類大家，其天才雲湧，時有出大家所未逮。字簪衛花〔九〕，畫分管竹〔一〇〕。更奇者，善以繡代筆，凡美女奇卉，隨經點皴，波動欲生，細閨莫肖⑦。窺其針所由度，向稱薛靈芸〔一一〕，技至此乎。四方企慕之望，尺綃片楮，不減連城。倪子曾未少炫，下幃恂恂，用作清課自怡，惟以逾閾爲恐，弗輕示人。故其爲詩也⑧，本廉静之性，酌雅賦言，元情應律，不涉閲而有山水之清，不規模而有朝廟之肅，不出乎户庭而精友古淑艾之功〔一二〕。下幃恂恂，用作清課自怡，惟以逾閾爲戒⑨。察其容未嘗不委佗，體未嘗不山河⑩，而瑱笄之色，筆端無有。謂綺妮朱、李輩，足當其一瞬耶？我思古人，知必進徐娘、下卓氏也。

嗟夫！文君何如才，豈出徐下？使去其矜恢，閑於淑慎，則才束於情，情守其性，不有相如，自足千古。二子不難，在性情哉？衛士女者，亦孰出性情哉⑪？

時康熙甲辰孟冬潮水漁張德行書於孱慱山房⑫〔一三〕

【校】

①「品衡士女，亦有出性情外哉」十一字，爲底本原校者補鈔。

②直而温，寬而栗：二「而」字爲底本原校者補鈔，滬鈔本作「直温柔栗」。

③「蓋」字爲底本原校者補鈔。

④「逸致横飛者」下至行末，底本有六字空格，「嘗讀宫閨詩」至「詩之難在性情」四十七字爲底本原校者補鈔，上圖本、滬鈔本皆無。

⑤「也吾每言」至「亦自不少」十六字爲底本原校者補鈔，上圖本、滬鈔本皆無。

⑥貽書：上圖本同，滬鈔本作「遺書」。

⑦「細閏」和「肖」三字爲底本原校者補鈔，上圖本、滬鈔本「波動欲生」後無「細閏莫肖」四字。

⑧「四方企慕之望」至「弗輕示人故」四十一字爲底本原校者補鈔，上圖本、滬鈔本俱無。

⑨「下幃恂恂」至「惟以逾閾爲戒」，疑爲上文錯簡至此。

⑩「察其容未嘗不委佗，體未嘗不山河」十四字爲底本原校者補鈔，上圖本、滬鈔本俱無。

⑪「嗟夫」至「亦孰出性情哉」五十五字爲底本原校者補鈔，上圖本、滬鈔本俱無。

⑫「潮」字爲底本原校者補鈔，上圖本、滬鈔本俱無。據《龍池倪氏宗譜》卷八《心求倪公傳》，作者署名「潮溪漁叟前户部江西司主事眷晚生張德行」。按底本此頁鈐有「張德行」白文印，「潮漁」朱文印，「水」字當爲衍文。

【注】

〔一〕直而温，寬而栗：《書·堯典》：「直而温，寬而栗，剛而無虐，簡而無傲。」栗，莊重。

〔二〕依永和聲：《書·堯典》：「聲依永，律和聲。」謂樂聲之高低抑揚依隨歌咏而變化。

〔三〕副笄：古代婦女髮飾。《詩·鄘風·君子偕老》：「君子偕老，副笄六珈。」

〔四〕兩瑱：瑱是懸於耳際的頭飾。《詩·鄘風·君子偕老》：「玉之瑱也，象之揥也。」

〔五〕委佗其容，山河其體：語出《詩・鄘風・君子偕老》：「委委佗佗，如山如河，象服是宜。」形容女性雍容華貴、端莊穩重的樣子。

〔六〕王少伯：王昌齡，字少伯，盛唐著名詩人。韓君平：韓翃，字君平，爲唐大曆十才子之一。

〔七〕淑真、易安：朱淑真、李清照，即後文所稱的「朱、李」。

〔八〕《白頭吟》：葛洪《西京雜記》卷三：「司馬相如將聘茂陵人女爲妾，卓文君作《白頭吟》以自絶，相如乃止。」《玉臺新咏》卷一收古樂府詩六首，中有《皚如山上雪》一首，一名《白頭吟》，傳爲卓文君所作，其辭曰：「皚如山上雪，皎若雲間月，聞君有兩意，故來相訣絶。今日斗酒會，明旦溝水頭，躞蹀御溝上，溝水東西流。凄凄重凄凄，嫁娶不須啼，願得一心人，白頭不相離。竹竿何嫋嫋，魚尾何簁簁，男兒重義氣，何用錢刀爲？」

〔九〕字簪衛花：衛，指衛鑠，汝陰太守李矩妻，世稱衛夫人，東晉著名書法家，王羲之曾師事之。唐韋續《墨藪》：「衛夫人書，如插花舞女，低昂芙蓉。又如美女登臺，仙娥弄影。又若紅蓮映水，碧沼浮霞。」後稱書法娟秀工整者爲簪花格。

〔一〇〕畫分管竹：元趙孟頫妻管道昇，善畫墨竹。

〔一一〕薛靈芸：魏文帝曹丕妃子，相傳妙於針工，宮中號爲「針神」，事見晉王嘉《拾遺記》卷七。

〔一二〕友古：語出《孟子・萬章下》：「以友天下之善士爲未足，又尚論古之人。頌其詩，讀其書，不知其人可乎？是以論其世也，是尚友也。」淑艾：語出《孟子・盡心上》：「君子之所以教者五：有如時雨化之者，有成德者，有達財者，有答問者，有私淑艾者。」

〔三〕張德行：字用之，號潮漁，浙江浦江人。明崇禎十六年（一六四三）選貢，授户部江西司主事，入清後不仕。著有《嘯雲館文集》。《（光緒）浦江縣志》卷九《人物·隱逸》有傳。

小序①

古來名媛，如婕妤之《紈扇》也〔一〕，惠姬之《東征》也〔二〕，蘇蕙之璇璣也〔三〕，李氏之《筆陣圖》也〔四〕，趙夫人之三絶也〔五〕，是皆節兼文備，著赫赫名，特未有起而爲之集其大成者耳。乃今而有如余姑者，少侍先大父，受《孝經》、《論語》、四《詩》〔六〕、二《禮》〔七〕，而且學書法於先君子，筆圓韵勝，於正楷竟不相上下矣。既敏且博，能自成一家言，將於扶風班氏得毋近之乎？針黹巧奪天孫〔八〕，靈動不減夜來〔九〕，丹青仿摹黄荃〔一〇〕、摩詰〔一一〕、小李〔一二〕、大癡〔一三〕，寫聲繪馨，備極其妙。至於爲詩，氣格興象，無不諧合，而惟自言其情，不欲强爲擬古。第以所天早世〔一四〕，更無秋桂春花可以自表。詩境既窮，韵情自載，其於筆床墨篝、風窗雪几，則亦聊以獨適，而非以延名者也。余往未有知，而口能誦，而心能維〔一五〕，覺有人所不得言，而姑獨暢然言之，復多所留，使人一再玩之不能盡也者。夫以疾風勁草，凝然大節如此，而兼雅怨不怒、婉而多風如彼，豈非使古人見之而亦交讓爲集大成者哉！顧余輩往往請梓，而姑輒斤斤以閫限言，乃至耆而始見允也。雖兹編尚非全豹，而自古節兼文備者，政不必以其全見，則亦可俟諸有知者共誦之而共維之矣。

時康熙甲辰長至日侄男一膺敬題

【校】

①本《小序》爲底本原校者補鈔，底本原校者眉批：「此《小序》手録於映寫本。」

【注】

〔一〕婕妤之《紈扇》：班婕妤爲漢成帝妃子，後失寵，作詩以自傷悼，詩名《怨歌行》，又稱《紈扇詩》。

〔二〕惠姬之《東征》：惠姬即班昭，仿其父班彪《北征賦》而作《東征賦》。

〔三〕蘇蕙之璇璣：《晉書・列女傳》：「竇滔妻蘇氏，始平人也，名蕙，字若蘭。善屬文。滔，苻堅時爲秦州刺史，被徙流沙，蘇氏思之，織錦爲迴文旋圖詩以贈滔。宛轉循環以讀之，詞甚淒惋，凡八百四十字，文多不録。」

〔四〕李氏之《筆陣圖》：李氏即衛夫人。《筆陣圖》爲中國古代書法論文，唐孫過庭《書譜》謂「疑是右軍（按：王羲之）所製」，而唐張彦遠《法書要録》卷一載其文，題作《晉衛夫人筆陣圖》，後世多因之。

〔五〕趙夫人之三絶：王嘉《拾遺記》卷八載吴主趙夫人，善織錦、刺繡、編絲，有「機絶」「針絶」「絲絶」之稱。

〔六〕四《詩》：指《詩經》。《詩》有齊詩、魯詩、韓詩、毛詩四家，故稱。但除《毛詩》之外，三家《詩》久佚，這裏應泛指誦讀《詩經》。

〔七〕二《禮》：指《周禮》與《儀禮》。這裏泛指學習《禮》類典籍。

〔八〕天孫：即織女。《史記·天官書》：「婺女，其北織女。織女，天女孫也。」

〔九〕夜來：即魏文帝妃薛靈芸。王嘉《拾遺記》卷七：「靈芸未至京師十里，帝乘雕玉之輦，以望車徒之盛，嗟曰：『昔者言「朝爲行雲，暮爲行雨」，今非雲非雨，非朝非暮。』改靈芸之名曰『夜來』，入宫後居寵愛。」

〔一〇〕黄荃：「荃」亦作「筌」。黄荃字要叔，五代、北宋著名畫家。

〔一一〕摩詰：指唐代詩人王維。王維字摩詰，盛唐山水田園詩派代表人物，又長於山水畫。

〔一二〕小李：指唐代畫家李思訓之子李昭道。李思訓父子善畫著色山水，時人號爲大李將軍、小李將軍。

〔一三〕大癡：指元代著名畫家黄公望。黄公望字子久，號一峰，又號大癡道人。

〔一四〕所天：指丈夫。晉潘岳《寡婦賦》：「少喪父母，適人而所天又殞。」早世：早亡。

〔一五〕維：通「惟」，考慮，計度。

小引

詩之爲道，難言之矣。風人敦厚，一變而爲離憂之音。然婉轉悠揚，不徒激越，雖離憂猶敦厚也。故必得斯旨，而後凡所吐納，綴景比事，罔不臻妙。顧無如言詩於閨閣，而詩更難。豪壯之氣，無所用也；慷慨之情，無所施也。且言不出梱，凛凛自持，惟恐或蹈失言之過，觀者亦樂指摘其辭，以滋談柄，則閨閣何易言詩？乃十五國風，多閨閣之所作，抑何其怨而不怒，哀而不傷，可咏可歌，有典有則乎！夫亦以道存敦厚，婉轉悠揚之是尚，而雖有所謂離憂激越者，亦自不覺也。

余祖姑不幸際所天之變，鬱黃蘗之心①〔一〕，故其爲辭，自悼今昔異感，俯仰傷懷，無不怦怦動人者。若乃幽窗自遣，時而命侣園林，舉夫芳菲之迎眸，晛睆之悦耳〔二〕，風竹之凄清，蕉雨之點滴，以至山月松濤，溪光琴韵，探梅烹雪，繪染煙雲，凡有所得，輒寄於詩。即景言景，即事言事，所謂發乎情，止乎禮義，渢渢乎一唱三嘆〔三〕，鏗有餘音焉。寧非有得於十五國風之變，而不失其正者乎？今以甲子既周，乃得請而壽之梓，四海名流深於詩者，知不以余爲私譽也，又何敢以閨閣之詩爲易言哉！

時康熙歲次壬寅季秋侄孫晉䮏敬題②

【校】

①蘗：底本作「蘖」，底本原校者旁注「檗」。「蘖」爲「蘗」的訛字，今改正。

②按底本次頁有「倪氏仁吉字心惠浦江吉安郡丞尚忠女年十七歸之藝公年六十有凝香閣稿」三十一字，手寫雙行。

【注】

〔一〕鬱黄蘗之心：「蘗」同「檗」。黄蘗即黄柏，味極苦。宋郭茂倩《樂府詩集·清商曲辭·子夜歌四十二首》其十：「自從別郎來，何日不咨嗟。黄蘗鬱成林，當奈苦心多。」又《子夜四時歌》之《春歌二十首》其二十：「自從別歡後，嘆音不絶響。黄蘗向春生，苦心隨日長。」

〔二〕睍睆：美好的樣子。《詩·邶風·凱風》：「睍睆黄鳥，載好其音。」毛傳：「睍睆，好貌。」

〔三〕渢渢乎：語出《左傳·襄公二十九年》：「爲之歌《魏》，曰：『美哉，渢渢乎，大而婉，險而易行。』」晉杜預注：「渢渢，中庸之聲。」

再刻凝香閣詩序①

《凝香閣詩稿》，稠州大元吴稚游公倪氏夫人仁吉所著也。向流播人間，甲寅變亂〔一〕，閣居詩板悉罹兵燹，印册亦無存者。軼幾二百年，知音之士，欲求之而不可得。予亦迭索遍訪，每流連嘆想，不能已已也。今予徒吴子復元持抄册來，云昨於峴東盧氏家見之〔二〕，懇爲索借，而乃堅拒不予。噫！是其珍惜寶重之意，其虞秦璧之見棄而去而不返乎②〔三〕？曾見太史朱竹垞氏稱夫人贈董樵詩〔四〕，揚騷合雅，惜不得其全集。可知響應同聲，不徒爲一鄉一邑之阿私所好也。嗟乎！是集埋没於荒草瓦礫之場，閲幾遍星霜矣。一旦忽如驪珠之得象罔〔五〕，是夫人之貞節茂行，造物固不忍沉埋，而詩詞之至寶珍英，聲光終不墜於地。今復元欲以壽諸梓，而後裔踊躍以襄盛事③。懿哉孝思之不忘，固甚盛心而鉅舉哉。吾聞天下之寶，當爲天下惜之，尤當與天下共之。是集也成，吾知名材碩德，必有如景星卿雲〔六〕，争先睹之爲快者。至詩詞之合乎正則，諧乎風雅，諸序已詳，毋庸更贅，况又如繪事之精工，刺繡之神妙，流落散布，幽想結於無涯。但得是編而存之，是鳳凰得其一羽也。予故即其求之不得，得之而不勝欣喜之意，以弁諸簡首云。

嘉慶丙子孟秋欽授國子監學正後學鶴亭陳雲友拜撰〔七〕

【校】

①底本原校者眉批：「映寫本無此序。」

②秦璧：底本及上圖本作「秦壁」，據滬鈔本改。

③後裔：底本在「而」與「踊躍」之間塗黑兩字，據上圖本、滬鈔本補「後裔」二字。

【注】

〔一〕甲寅變亂：三藩之亂時，耿精忠兵勢至浙江。詳見《清史稿·聖祖本紀》《清史稿·吴三桂傳附耿精忠傳》及後倪仁吉年表康熙十三年事。

〔二〕峴東：指東陽。東陽南有峴山，故稱。宋葛立方《韵語陽秋》卷五：「東陽峴山去東陽縣亦三里。舊名三邱山。晉殷仲文素有時望，自謂必登台輔，忽除東陽太守，意甚不樂。嘗登此山，悵然流涕。郡人愛之如襄陽之於叔子，因名峴山。二峰相峙，有東峴、西峴。」

〔三〕秦璧：指和氏璧。和氏璧在藏於璞中而未被雕琢之前，曾兩度視作石頭而被棄，獻璞者和氏亦連受刖足之刑。戰國時趙惠文王得和氏璧，秦昭王聞而致書趙惠文王，願以秦十五城換璧。趙國憂璧去而不返，乃遣藺相如使秦，最終完璧歸趙。事見《韓非子·和氏》《史記·廉頗藺相如列傳》。故後世又稱和氏璧爲「秦璧」。

〔四〕贈董樵詩：董樵，山東萊陽人，董逌後裔，宋琬表弟。明崇禎諸生。甲申變後爲明遺民，居文登海濱，不與貴者交。有《南游》《岱游》《賈游》《入山》《偶存》《燕山》《還山》《耦耕堂》等集。傳見姜埰《敬亭集·董樵傳》。董樵著作多已佚，今有《李董集鈔》一卷，鈔本，存其遺詩二十三首。倪仁吉贈董樵竹并賦詩事見陳維崧《湖海樓詩集》卷一《方竹杖歌爲萊陽董樵賦》：「山東董樵忽見訪，入門手持方竹杖。我亦生平屠狗人，對此蒼然屹相向。董樵董樵真吾徒，胸中豪氣無時無。談兵肯事東諸侯，作騷直學屈大夫。翻然南下浮東吴，亦復窈窕尋仙都。廣陵城外秋風冽，黄鬚半作蝟毛磔。唤我同登大酒樓，此竹由來爲予説。今年三月游金華，丹梯紺壁凌朱霞。采芝偶入烏傷地，看竹閑過衛鑠家。此竹檀欒不易得，愛之拍手徒諮嗟。倪家女子非恒流，知有人間韓伯休。劚來恰贈一竿竹，伴我名山禽向游。我聞此言揮百杯，醉餘不合成悲哀。瀟湘斑竹竟誰在，九疑荒塚生蒼苔。况聞官軍大戰勝，今年邛杖西南來。方圓枘鑿不相入，爾持此杖胡爲哉。勸君携歸玉女盆前住，不爾此杖驍騰作龍去。」按《湖海樓詩集》有編年，是詩編入卷一辛丑年，即清順治十八年（一六六一）。又按朱彝尊《静志居詩話·董樵》：「其詩合騷揜雅，惜不多傳。」爲朱氏評論董樵之語，與倪仁吉無關。

〔五〕驪珠之得象罔：語出《莊子·天地》：「黄帝游乎赤水之北，登乎昆侖之丘而南望，還歸，遺其玄珠。使知索之而不得，使離朱索之而不得，使喫詬索之而不得也。乃使象罔，象罔得之。」象罔，有象而實無，無心之謂。亦作「罔象」。

〔六〕景星卿雲：吉祥的徵兆。景星，《史記·天官書》：「天精而見景星。景星者，德星也，其狀無常，常出於有道之國。」卿雲，《史記·天官書》：「若煙非煙，若雲非雲，郁郁紛紛，蕭索輪囷，是謂卿雲。卿雲見，喜氣也。」亦作「慶雲」。

〔七〕陳雲友：號鶴亭，浙江義烏人。清乾隆五十七年（一七九二）歲貢。

重刻凝香閣初集小引①

夫人係婺州浦陽人。香草園是其所居，凝香閣即在園内，詩係以舊名者，不忘其初也。今觀集中首編，附以先大夫閣板八詩，後跋所記失怙、失恃之年，讀書命名之歲，一一俱可想見。至藏板所在，則以府中稱「仰止」者繫之，以見孝慈子孫高山景行之意云。

【校】

①底本原校者眉批：「映寫本缺此小引。」

凝香閣詩稿

花朝

苦無佳况可酧春①，滿眼園林淑景新。花底窮愁花上月，年年長伴看花人。

【校】

①酧：底本原校者旁注「酬」字。按：「酧」乃「酬」的後起俗字。

同傅夫人游虎跑戲成①

媚靨堆春玉削肩，臨風竹徑步蹁躚。回身更向池頭照，水面新開别樣蓮。

【校】

①成：底本原校者旁注「賦」字。

歸舟悵别

春江渺渺難爲夢，煙柳絲絲易綰愁。回憶西泠歡笑事，釀成離恨滿歸舟。

答外①

新詩賦寄遠人收，别後風光澹若秋。芳草無情迷路迹，杜鵑有恨咽枝頭。祇緣彈鋏憐羈客〔一〕，非睹垂楊悔覓侯〔二〕。莫向天涯勞鯉素〔三〕，春閨此日慣經愁②。

落日平林倦鳥投，何緣游子尚淹留。每疑簾竹頻推枕，恐錯歸航不倚樓〔四〕。風送榆錢寧買夢，春搓柳綫正牽愁。瀟瀟又值空階雨，滴碎窗西未肯休〔五〕。

【校】

①底本原校者眉批：「抄本『答外』。」《答外》題下底本原校者注云：「《縣志》是『寄外二首』。」按：詩見《（嘉慶）義烏縣志》卷二二《藝文·七言律》。

②底本原校者眉批：「春閨，《縣志》作『閨春』，草本作『閨春』。」

【注】

〔一〕彈鋏：鋏，劍把。馮諼爲孟嘗君門客，不受重視，乃三彈其鋏，歌曰「長鋏歸來乎，食無魚」「長鋏歸來乎，出無車」「長鋏歸來乎，無以爲家」。事見《戰國策·齊策四》。後因以「彈鋏」指處於困境而又有求於人。

〔二〕非睹垂楊悔覓侯：唐王昌齡《閨怨》：「閨中少婦不知愁，春日凝妝上翠樓。忽見陌頭楊柳色，悔教夫婿覓封侯。」

〔三〕鯉素：書信的代稱。漢樂府《飲馬長城窟行》：「客從遠方來，遺我雙鯉魚。呼兒烹鯉魚，中有尺素書。」

〔四〕恐錯歸航不倚樓：唐温庭筠《望江南》：「梳洗罷，獨倚望江樓。過盡千帆皆不是，斜暉脉脉水悠悠，腸斷白蘋洲。」

〔五〕瀟瀟又值空階雨，滴碎窗西未肯休：唐李商隱《夜雨寄北》：「君問歸期未有期，巴山夜雨漲秋池。何當共剪西窗燭，却話巴山夜雨時。」元方回《桐江續集》卷一三《雨不已》：「空階日夜梅霖滴，滴碎人心未肯休。」

雁字

鴻雁當空結陣迴，巧排錦字更徘徊。閨人正訝無邊信，恰帶相思一點來〔一〕。

【注】

〔一〕恰帶相思一點來：化用宋張炎《解連環·孤雁》句：「寫不成書，只寄得、相思一點。」

悼亡

曉悲鷄咽暮悲鐘，虛怯深情我輩鍾①。孤館無聲猶似夢，空帷有案爲誰供。殘編點點皆餘血，棄履塵塵尚剩踪。君自仙才宜應召〔一〕，遥天何處更相從。

【校】

①底本原校者眉批：「虛怯，或『卻』之誤。」

【注】

〔一〕君自仙才宜應召：李商隱《李賀小傳》：「長吉將死時，忽晝見一緋衣人，駕赤虬，持一版書，若太古篆或霹靂石文者，云當召長吉。」

春閨

遲遲初日繡難成，似中春酲午睡清。寂寂落花庭院悄，破人幽夢有啼鶯。

彈琴

梨花小院午風輕，謾理冰絲入太清①。一片枯桐心未死②，至今猶發斷腸聲。

【校】

①底本原校者眉批：「冰絲，《縣志》『冰』作『朱』，草本作『冰』。」按：冰絲，宋許顗《許彥周詩話》：「有客泊湘妃廟前，夜半偶不寐，見輿衛入廟中，置酒鼓琴，心悸不敢窺。迨明方散，隱隱

絶水浮空去。因入廟中，見詩四句，墨色猶未乾，云：『碧杜紅蘅縹緲香，冰絲彈月弄新涼。峰巒向曉渾相似，九處堪疑九斷腸。』神怪不足言，但詩殊佳，故録之。」朱絲，用熟絲製成的琴弦。《禮記·樂記》：「《清廟》之瑟，朱弦而疏越。」鄭玄注：「朱弦，練朱弦，練則聲濁。」唐劉禹錫《調瑟詞》：「朱絲二十五，闕一不成曲。」兩者皆可通。

② 底本原校者眉批：「枯桐，《縣志》『枯』作『梧』，草本作『枯』。」又云：「『枯』乃『梧』之誤。」按：「枯」字不誤，「枯桐」猶「焦桐」，指琴。《後漢書·蔡邕列傳》：「吴人有燒桐以爨者，邕聞火烈之聲，知其良木，因請而裁爲琴，果有美音，而其尾猶焦，故時人名曰『焦尾琴』焉。」唐駱賓王《上兖州刺史啓》：「豈若聽清音於爨餘，則枯桐發響；收夜光於玄璧，則怪石騰輝。」

清明

山南山北雨蕭蕭，淚灑鵑枝血未銷。歸向孤燈悄無語，輕寒猶記落花朝。

即事

松風謖謖茶聲沸〔一〕，曉露涓涓竹色青。長日幽人無一事，小軒獨坐搨《黄庭》〔二〕。

【注】

〔一〕謖謖：勁風聲。《世説新語·賞譽》：「世目李元禮，謖謖如勁松下風。」

〔二〕搨《黄庭》：摹寫王羲之《黄庭經》法帖。宋秦觀《春日》詩之四：「春禽葉底引圓吭，臨罷《黄庭》日正長。」

暮春

飄盡庭花春暮天，日長繡倦正高眠。忽驚燕子雕梁過，一點香泥墮榻前。

春歸

可惜芳時暮①，飛花滿地香。柳條雖裊裊，繫不住春光。

【校】

①芳時：滬鈔本作「芳春」。

幽居即事

小築依山遠俗譁，幽栖自擬上清家〔一〕。只携瓶水時澆菊①，旋拾枯枝漫煮茶。獨坐怡情堪茂樹，飽餐清味足明霞。秋來野況同麋鹿，墅外磯頭度歲華。

【校】

①時：底本原校者旁注「頻」字。

【注】

〔一〕上清家：道家所稱神仙居處。北宋張君房《雲笈七籤·道教本始部·道教三洞宗元》：「其三清境者，玉清、上清、太清是也。亦名三天，其三天者，清微天、禹餘天、大赤天是也。……靈寶君治在上清境，即禹餘天也，其氣元黄。」

聞砧

遥夜思偏切，砧聲入夢哀。不隨殘月去，故逐曉風來。

隆平寺前塋成賦此〔一〕

佳城卜築祇園近〔二〕，秀矗雙峰列面前。落照斜連山色映，疏鐘忽帶水聲傳。封苺自課尤增感，斷竹誰能更可憐。瞻睇慈航期與渡，無生應徹未來禪〔三〕。

【注】

〔一〕隆平寺：《（嘉慶）義烏縣志》卷一八《寺觀》：「隆平教寺，縣東二十里。後唐長興八年僧無垢建。舊名保寧。宋大中祥符元年賜額隆平，尋廢。明永樂四年，里人吴彦清兄弟重修，後爲教寺。喬行簡書『敕賜隆平寺』。」

〔二〕佳城：晉張華《博物志·異聞》：「漢滕公薨，求葬東都門外。公卿送喪，駟馬不行，跼地悲鳴，跑蹄下地得石，有銘曰：『佳城鬱鬱，三千年見白日，吁嗟滕公居此室。』遂葬焉。」又「祇園」當作「祇園」，「祇園」爲祇樹給孤獨園的簡稱，印度佛教聖地之一。相傳釋迦牟尼成道後，給孤獨長者用大量黄金購置祇陀太子園地建築精舍，請釋迦説法，祇陀太子也奉獻了園內的樹木，故以二人名字命名。後用爲佛寺的代稱，詩中借指隆平寺。

〔三〕無生：佛教語。謂没有生滅，不生不滅。未來禪：即佛教禪定中的「未到地定」，指超過欲界定而未到初禪之間的定境。隋智顗《釋禪波羅蜜次第法門》卷五：「因此欲界定後，身心泯然虛豁，失於欲界之身，坐中不見頭手床敷，猶若虛空，此是未到地定。所言未到地者，此地能生初禪故，即是初禪方便定，亦名『未來禪』，亦名『忽然湛心』。」

秋熱

秋雨秋風竟屬誰，宵來殘暑戀輕帷。齊紈且幸歡懷袖，不必重勞班女悲〔一〕。

【注】

〔一〕齊紈且幸歡懷袖，不必重勞班女悲：班女，指班婕妤。班婕妤初見幸於漢成帝，後其寵爲趙飛燕所奪。曾作《怨歌行》，以齊紈之扇自況：「新裂齊紈素，皎潔如霜雪。裁爲合歡扇，團團似明月。出入君懷袖，動摇微風發。常恐秋節至，涼風奪炎熱。棄捐篋笥中，恩情中道絶。」

秋蟬

楊柳枝頭曉露收，芙蓉蒂下宿春留。殘蟬不分秋蕭瑟〔一〕，猶對斜陽咽未休。

【注】

〔一〕不分：猶云不意或不料。分，去聲。

觀蓮有感示侄婦

曾見婷婷出水妝，俄同枯葦共凄凉。紅衣翠葆俱零落，剩得空房傲曉霜。

秋夜

霜華一夜糁池荷〔一〕，湘簟寒餘怯越羅。搗月清砧不成寐，西風吹怨入窗多。

【注】

〔一〕糁：灑，散落。詩中指荷葉上灑滿了白霜。

清明掃墓

連宵凄雨報清明，恰恰輕寒日轉晴①。袖拂鵑花應染血，酒澆蔓草總傷情。黃壚永夢何年覺，白石圍塋始課成。欲向深山舒閔嘆②，恐驚猿鳥爲吞聲③。

【校】

① 輕寒：底本原校者眉批：「鈔本作『寒輕』。」

② 深山：滬鈔本作「青山」。

③ 底本原校者眉批：「鈔本『鳥』作『怨』。」

睡起

窗日曈曨照〔一〕，屏山夢自閑。覺來愁未入，此際是真禪。

【注】

〔一〕曈曨：日初出漸明貌。《説文·日部》：「曈，曈曨，日欲明也。」

暑夜雨後

雨過風留竹，涼回月吐山。幽栖有深谷①，銷夏更無灣。

【校】

①有深：底本原校者勾乙作「深有」，眉批云：「抄本作『有深』，同。」

蓮

抛葯種盈沼〔一〕，蓮性同雪皎。蓮因憐我生，蓮折憐絲繞。

折花誤蓮藕，藕斷絲縈手。蓮性太纏綿，蓮香着衣久。

【注】

〔一〕菂：蓮子。《爾雅·釋草》：「荷，芙蕖。……其中的。」晉郭璞注：「蓮中子也。」《釋文》：「的，丁歷反，又户了反。或作『菂』，同。」

秋懷

西風吹髩嘆雙蓬，露氣蕭森語暗蛩。叢桂浮馨初搗練，梧桐疏影漸來鴻。銀床幔掩因涼入，羅箑塵生爲燠空〔一〕。匣粉衣香慣零落，不禁秋思集樓東。

【注】

〔一〕箑：扇。燠：熱，暖。

得侄女宜子柬答意

久拋繪染廢吟箋，幽憤重重黯自煎①。潑水摶沙似今事，飛雲絢彩憶當年。桂遭焚棄馨難改，夢幻空華恨不遷。回首城西無限意，峭巒何日對蕭然。

【校】

①黯：滬鈔本作「暗」。

寒食感懷

佳時復擬掃幽宮，總見青山怨亦空。一點神銷風雨外，百年形幻夕陽中。髩絲芳草春參長，頳頰桃花歲異同〔一〕。駒隙不堪成瞬息〔二〕，逝川今古恨無窮〔三〕。

【注】

〔一〕頳：清蔣驥《山帶閣注楚辭》卷五《遠游》「玉色頩以脕顔兮」注：「頩，淺赤色。」

〔二〕駒隙：「白駒過隙」的省稱，形容光陰迅速。《莊子·知北游》：「人生天地之間，若白駒之過郤，忽然而已。」《釋文》：「郤，本亦作『隙』。」

〔三〕逝川：謂光陰如流水一般飛逝。《論語·子罕》：「子在川上曰：『逝者如斯夫，不舍晝夜。』」

步月

徘徊階月舊帷單，擬展湘辭復懶觀〔一〕。素襪侵涼沾露透〔二〕，青缸流影印屏寒。欄杆倚久心方寂，縷帶頻挼句未安〔三〕。一派秋聲最無賴〔四〕，分愁輾轉伴更闌。

【注】

〔一〕湘辭：指《楚辭》。

〔二〕素襪侵涼沾露透：用李白《玉階怨》詩意：「玉階生白露，夜久侵羅襪。却下水晶簾，玲瓏望秋月。」

〔三〕挼：揉搓。

〔四〕無賴：無聊，謂情緒無依托而煩悶。

護蘭

空谷芳姿絶世塵，移來蓬境伴幽人。同心寂寂難相語，故設芬香贈所珍。

惜花

雪壓風淩霜又欺，芳蕤消却翠華枝。相看無限相憐意，盡在樓頭曉月時。

花委泥塗蝶化煙，春光俄頃漫爲憐。啼鵑徒泣東風夜，芳草晴堤又隔年。

怨柳

二十年前植舞腰，至今空見拂欄條。重泉不是清江曲，安望能歸舊板橋〔一〕。

【注】

〔一〕此詩化用劉禹錫《柳枝詞》詩意：「春江一曲柳千條，二十年前舊板橋。曾與美人橋上別，恨無消息到今朝。」

問鶯

百囀枝頭怨落英，恍聞清籟耳頻傾。雙柑斗酒今携步〔一〕，肯送紗窗日數聲。

【注】

〔一〕雙柑斗酒今携步：唐馮贄《雲仙雜記》卷二：「戴顒春携雙柑斗酒，人問何之，曰：『往聽黄鸝聲。』」

囑燕

海燕翩翩去復迴，多情長自傍香臺。他年也學姚京伴，春草鵑花墓上來。

朝夕辭梁爲社催，週遭惜别語千回①。明年依舊梨花雨，憑爾差池照影來〔一〕。

【校】

①底本原校者眉批：「抄本『週遭』作『週遮』，似誤。」按：作「週遮」不誤。「週遮」亦作「周遮」「啁嗻」，「週（周）遭」「週（周）遮」均爲象聲詞，與「啁哳」「啁喳」是聲近之轉，形容聲音煩雜而細碎。參見王鍈《詩詞曲語辭例釋》（第二次增訂本），北京：中華書局，二〇〇五年，第三九七—三九八頁。

【注】

〔一〕差池：猶參差。《詩·邶風·燕燕》：「燕燕于飛，差池其羽。」鄭箋：「差池其羽，謂張舒其尾翼。」

盼雁

稻熟蘋生桂已香①，飛鴻陣影阻瀟湘。危樓日暮頻凝眄，誤想衡陽是故鄉〔一〕。

【校】

①底本原校者眉批：「抄本『薲』作『薠』。」《説文·草部》：「薲，大蓱也。」清段玉裁注：「薲、蘋古今字。」底本作「蘋」而底本原校者引作「薲」，二字實同。按：疑「薠」字義長。《楚辭·九

歌·湘夫人》:「登白薠兮騁望,與佳期兮夕張。」王逸注:「薠,草,秋生。今南方湖澤皆有之。」《漢書·司馬相如傳》載司馬相如《子虚賦》:「其高燥則生葴析苞荔,薜莎青薠。」張揖注:「青薠,似莎而大,生江湖,雁所食。」薠生江湖,雁所食,與詩意較合。

【注】

〔一〕衡陽是故鄉:相傳雁不過衡陽,遇春而回,詩人用爲典故。唐王勃《滕王閣序》:「雁陣驚寒,聲斷衡陽之浦。」南宋祝穆《方輿勝覽》卷二四《湖南路·衡州》:「回雁峰:在衡陽之南,雁至此不過,遇春而回,故名。」

聽蛩

切切階除絮不休,纍將幽怨訴窮秋。秋懷豈獨伊吾感,月底寒砧也自愁。

焚香

寶鼎香浮日上檽,會心清况到丹青。漢宫春色從何見,細染煙雲筆底形。

玩月

雲去雲來漾玉梭，清光照我欲如何。依稀風景今猶在，拜月堂空樹影多。

中元夜

冰盤擁出奈何天，可愛清光復可憐。三十五宵無此勝，百千億載自孤懸。蕭疏髩影空臨照，俛仰幽悰欲倩傳〔一〕。更被哀蛩催不絶，泪絲庭露兩涓涓。

【注】

〔一〕俛：同「俯」。悰：心情，思緒。

秋海棠①

相傳昔有女子懷人不至，涕泪灑地，遂生此花，色如婦面，一名斷腸花。性喜陰濕，謂之海棠者，取其似耳。余過秀野園，見其盈階繞砌，茂甚無比②，偶拈數句以賞之，自愧疏庸，唐突西子也。

偶灑斷腸泪，美人寄幽思。昔因傷春色，故作媚秋姿。

化石曾聞望眼穿，斷腸千載逞嬌嫣。階前尚有幽人惜，頑石惟教風雨憐。

【校】

①按底本「秋海棠」三字與下文「相傳昔有女子懷人不至」至「唐突西子也」相連且字號相同，今改以「秋海棠」爲詩題，其後内容爲序，以小字次於詩題之下。

②底本原校者眉批：「草本『甚』作『盛』。」

舊居有感

幽谷具天真，重來似避秦〔一〕。世移山不老，家變物猶新。翠竹雖醫俗〔二〕，金錢即子午花①。豈療貧。昔今成俯仰，脉脉自傷神。

【校】

①此小注滬鈔本無。

【注】

〔一〕避秦：晉陶潛《桃花源記》：「自云先世避秦時亂，率妻子邑人來此絶境，不復出焉。」

〔二〕翠竹雖醫俗：蘇軾《於潛僧緑筠軒》：「可使食無肉，不可居無竹。無肉令人瘦，無竹令人俗。」

觀先大夫詩榜

詩榜親遺迹，高懸拭泪看。音容隨物化，手澤在人間。空憶提携日〔一〕，俄成隔世歡。晚來猶倚柱，風雨透衣寒〔二〕。

【注】

〔一〕提携：牽扶。《禮記·曲禮上》：「長者與之提携，則兩手奉長者之手。」

〔二〕晚來猶倚柱，風雨透衣寒：化用唐杜甫《佳人》：「天寒翠袖薄，日暮倚修竹。」

附録

先大夫手書《小西湖八景詩》于榜〔一〕，有小叙，略云：湖距余家可二里許，歲丁未，余自吉州罷歸，始構閣其上，雜蒔花木，日盤桓于兹，恍若身在六橋兩峰間〔二〕，遂賦八景以記之。

【注】

〔一〕《小西湖八景詩》：參見《龍池倪氏宗譜》卷八倪尚忠《西湖記并詩》。

〔二〕六橋：杭州西湖蘇堤上之六橋：映波、鎖瀾、望山、壓堤、東浦、跨虹。西湖裏湖楊公堤上又有裏六橋：環璧、流金、卧龍、隱秀、景行、浚源。參見明田汝成《西湖游覽志》卷二《孤山三堤勝迹》。兩峰：杭州南高峰、北高峰。南宋潛説友《咸淳臨安志》卷九七《紀遺九·紀文·詩·王參帥洧湖山十景詩·兩峰插雲》：「浮圖對立曉崔巍，積翠浮空霽靄迷。試向鳳凰山上望，南高天近北煙低。」

其一　畫閣環梅

湖邊重閣彩雲流，爲種羅浮百二稠〔一〕。斜影周遭迷杖履，暗香迢遞促吟喉〔二〕。朱欄襯貼冰澌麗，畫棟參差玉綴哀。鼎鼐山林天性別，莫言何遜在揚州〔三〕。

【注】

〔一〕羅浮：山名，在廣東省東江北岸，晉葛洪曾在此山修道，道教稱爲「第七洞天」。唐柳宗元《龍城録》卷上「趙師雄醉憩梅花下」條載隋開皇中，趙師雄遷羅浮，於松林間休憩，有女子出迓之，相與飲酒，至於醉寢，及覺，乃在大梅花樹下。後多以「羅浮」爲咏梅典實。百二：猶言一百掛零。

〔二〕暗香：猶幽香，這裏指梅花的香氣。迢遞：連綿不絶貌。

〔三〕何遜在揚州：何遜，南朝梁東海郯人，善詩文。梁天監六、七年間，建安郡王蕭偉遷使持節、都督揚南徐二州諸軍事、右軍將軍、揚州刺史，辟何遜爲水曹行參軍兼記室，何遜時有《咏早梅詩》，後來詩人常以之爲咏梅故實。杜甫《和裴迪登蜀州東亭送客逢早梅相憶見寄》：「東閣官梅動詩興，還如何遜在揚州。」

其二　長堤垂柳

湖堤繚繞鏡光團，五柳門前柳拂欄〔一〕。叢裏流鶯能織錦，陰中走馬慣攀鞍。柔絲不惹離亭憾〔二〕，青眼頻將世路看。漫説寒塘多寂寞，漢宮春色鎖椒蘭。

【注】

〔一〕五柳門前：陶潛《五柳先生傳》：「先生不知何許人也，亦不詳其姓字，宅邊有五柳樹，因以爲號焉。」

〔二〕離亭：即驛亭，古人往往於此送别，并有折柳贈别的習俗。

其三　晴浦夜漁

瀲灧晴光晚亦宜，呼僮携罟向河湄。歌魚已了懷中鋏〔一〕，把釣何煩夢裏羆〔二〕。蘆荻烟開鵁欲逝，稻花香滿蟹將肥。鱸蒓淥酒吾儕事〔三〕，醉踏長堤且賦詩。

【注】

〔一〕歌魚已了懷中鋏：見前《答外》其一「祇緣彈鋏憐羈客」注。

〔二〕把釣何煩夢裏羆：用周文王遇姜尚的典故。《史記·齊太公世家》：「西伯將出獵，卜之，曰『所獲非龍非彲，非虎非羆；所獲霸王之輔』。於是周西伯獵，果遇太公于渭之陽。」後世加以附會，將獵前占卜變成文王夜夢飛熊或熊羆。

〔三〕鱸蒓淥酒吾儕事：鱸蒓，鱸魚與蒓菜，詩用張翰事。《世説新語·識鑒》：「張季鷹辟齊王東曹掾，在洛見秋風起，因思吳中菰菜羹、鱸魚膾，曰：『人生貴得適意爾，何能羈宦數千里以要名爵。』遂命駕便歸。俄而齊王敗，時人皆謂爲見機。」《世説新語·任誕》：「張季鷹縱任不拘，時人號爲『江東步兵』。或謂之曰：『卿乃可縱適一時，獨不爲身後名邪？』答曰：『使我有身後名，不如即時一杯酒！』」

其四　雨樓春誦

山雨濛濛風滿樓，披襟開卷興偏幽。吹藜绿府窺千古〔一〕，滴露丹鉛到九邱〔二〕。教屬先天非有跂〔三〕，道從身外更何求〔四〕。經鋤本是吾家事〔五〕，惓此春陰莫放休。

【注】

〔一〕吹藜绿府窺千古：「绿府」當作「禄府」。王嘉《拾遺記》卷六：「劉向於成帝之末，校書天禄閣，專精覃思。夜有老人，著黄衣，植青藜杖，扣閣而進，見向暗中獨坐誦書。老父乃吹杖端，煙燃，因以見向，説開闢已前。向因受《五行洪範》之文，恐辭説繁廣忘之，乃裂裳及紳，以記其言。至曙而去，向請問姓名，云：『我是太一之精，天帝聞卯金之子有博學者，下而觀焉。』」

〔二〕滴露丹鉛到九邱：丹鉛指校勘用的丹粉和鉛粉。「九邱」同「九丘」（清雍正間爲避孔丘諱，上諭「除《四書》《五經》外，凡遇此字，並加阝爲邱」），傳説是古代最早的書。《左傳・昭公十二年》：「是良史也，子善視之。是能讀三坟、五典、八索、九丘。」

〔三〕先天：與生俱來。跂：通「企」，祈盼，企求，與下句「求」字對文近義。

〔四〕道從身外更何求：唐杜牧《登池州九峰樓寄張祜》：「睫在眼前長不見，道非身外更何求。」

〔五〕經鋤：《漢書・倪寬傳》：「帶經而鋤，休息輒讀誦，其精如此。」後以經鋤爲耕讀之典。

其五　榴圃朝暾

曉來榴火噴湖光，湖面亭亭上太陽。露蕊嬌盈脂欲墮，風葩摇颺釀猶香。纍纍結子中常赤，顆顆開心品自良。榴伴葵花花正吐，也隨晴旭永相傍。

其六　蓉湖秋月

夜行元不厭湖月，況是芙蓉夾岸秋①。老鶴踏翻蟾兔亂②，琉璃碾盡玉輪浮。孤槎已向中天落〔一〕，狂客何勞秉燭游〔二〕。三萬六千能幾夕，百壺還解鷫鸘裘〔三〕。

【校】

①岸：底本原校者眉批：「抄本作『岓』。」按：「岓」應爲「屽」字誤抄，而後者即「岸」的偏旁移位字。

②蟾：底本原校者旁注「蛙」字。按：「蟾兔」爲月的常見代稱，但月亦可稱作「蛙兔」，如宋朱松《中秋賞月》：「癡兒亦不眠，苦覓蛙兔看。」

【注】

〔一〕孤槎已向中天落：張華《博物志·雜説下》：「舊説云天河與海通。近世有人居海渚者，年年八月有浮槎去來，不失期。」

〔二〕秉燭游：《古詩十九首》：「生年不滿百，常懷千歲憂。晝短苦夜長，何不秉燭游。」

〔三〕鷫鸘裘：葛洪《西京雜記》卷二載，司馬相如還成都，居貧，愁懣，以所著鷫鸘裘，就市人陽昌貰酒，與文君爲歡。

其七　孤嶼攢雲

蓬壺三島移來一，漠漠閑雲鎖翠微。樹影蒼茫疑蜃結〔一〕，波痕黯淡賺鷗飛。展書樓閣垂檐静，抱甕庭除帶露稀〔二〕。君自無心吾已倦，長安不見總依依〔三〕。

【注】

〔一〕蜃結：即海市蜃樓。

〔二〕抱甕：喻質樸的生活。《莊子·天地》：「子貢南游於楚，反於晉，過漢陰，見一丈人方將爲圃畦，鑿隧而入井，抱甕而出灌，搰搰然用力甚多而見功寡。」

〔三〕長安不見總依依：李白《登金陵鳳凰臺》：「總爲浮雲能蔽日，長安不見使人愁。」

其八　四岩積雪

誰家擁出玉巑岏〔一〕，倒浸平湖霄色寒。冰柱浮撐呈太素〔二〕，珠簾斜掛映琅玕〔三〕。

纖纖月影宜元鶴，澹澹雲踪恍白鸞。携酒問梅亭上坐，一團清味到袁安〔四〕。

不孝吉憶承先大夫授書時，甫十歲，蓋見視猶小男也。迨十四，不幸失先太孺人，則父也而兼母矣。乃二十四，又不幸失之。嗚呼痛哉！尋罹寇燹，遺文罕存。歲庚寅，侄立昌喜從里人處購得詩榜見示①，手澤宛然，真吾家世寶。余觀序，知丁未歸自吉州，爲余始生命名之年。言念昊天，悲來橫集，亟視浣去其塵，而懸之緑繞樓上，俾世世瞻仰焉。有感斯作，自愧不知，庶托遺詩，千秋是問。抑亦以明不孝雖未能述，而先大夫固非無可傳云爾。不孝吉謹識。

【校】

①購得詩榜：上圖本同，滬鈔本作「贖得詩榜」。

【注】

〔一〕巑岏：高峻的山峰。《楚辭》卷一六劉向《九嘆·惜賢》：「登巑岏以長企兮，望南郢而窺之。」王逸注：「巑岏，鋭山也。」

〔二〕太素：《文選》卷二九嵇康《雜詩》：「流咏太素，俯讚玄虚。」李善注引《列子》曰：「太初形之始，太素質之始。」唐張銑注：「太素、玄虚，皆自然也。」

〔三〕琅玕：傳説中果實爲珠玉的仙樹，這裏比喻掛有霧凇或積雪的竹木。

〔四〕袁安：東漢名臣，《後漢書·袁安傳》李賢注引《汝南先賢傳》曰：「時大雪積地丈餘，洛陽令身出案行，見人家皆除雪出，有乞食者。至袁安門，無有行路。謂安已死，令人除雪入户，見安僵卧。問何以不出。安曰：『大雪人皆餓，不宜干人。』令以爲賢，舉爲孝廉。」

過經鋤别業

寂寞舊園林，山行偶過尋。澗聲猶滴瀝，樹色尚森陰。甌脱風流盡〔一〕，存亡異感深。
飄零餘老我，回首泪難禁。

【注】

〔一〕甌脱：本指漢代胡人屯守候望的土室，這裏指園林内用以候望、休憩的建築。《史記·匈奴列傳》：「各居其邊爲甌脱。」南朝宋裴駰集解引韋昭曰：「界上屯守處。」司馬貞索隱引《纂文》曰：「甌脱，土穴也。」張守節正義：「按：境上斥候之室爲甌脱也。」

攬鏡

攬鏡挹清光，凝思不自得。問之此中人，白髮無緣黑。

松濤

仄徑覓松濤，清聲外絲竹。豁然江海意，寧知處塵俗。

秋暮寄嫂

斷靄疏雲世事非，每逢秋暮倍依依。呢喃社逼分巢返，楓柏霜酣帶泪肥。皎魄娟娟離繡榻，商飈惻惻入羅衣〔一〕。遥憐對影同凄絶，何事家山信轉稀〔二〕。

【注】

〔一〕商飈：即商風，秋風。

〔二〕家山：謂故鄉。

裝綿

霜威侵病骨，衣羅香又歇。裁紉製初成，裝綿急就月。

悼嫂朱執余手一笑而逝

六十年華雙鬢蒼，飲冰服蘖度星霜①〔一〕。無邊噩夢今朝覺，一笑相辭赴渺茫。

撒手飛身萬仞巔②，下觀塵濁自翩然。片時徹悟清凉地，便占西方法座蓮。

【校】

①底本原校者於「蘖」字右側加點，眉批云：「檗，今俗加草，誤。」

②底本原校者眉批：「鈔本『撤』作『頓』。」

【注】

〔一〕飲冰服蘖：形容生活清苦，清白自守。語本唐白居易《三年爲刺史》其二：「三年爲刺史，飲冰復食蘖。唯向天竺山，取得兩片石。此抵有千金，無乃傷清白。」

中秋

四十九度中秋月，光華强半共愁看。不成三客慵沽酒〔一〕，擬祝孤桐净拂欄。環珮無魂同夕兔，清凉有國可乘鸞。憑虚未許凌風往，遮莫人間是廣寒〔二〕。

【注】

〔一〕不成三客：化用李白《花間獨酌》詩意：「花間一壺酒，獨酌無相親。舉杯邀明月，對影成三人。」

〔三〕遮莫：莫非。廣寒：即廣寒宮，古代神話傳説中位於月球的宫殿。

余方悼嫂痛猶未定而娌郭繼亡以泪和墨記此①

此秋何太苦，令我兩重傷。昨痛還疑夢，今罹更斷腸。袖湮新舊泪，人隔死生鄉。欲返當年魄，無從乞異香〔一〕。

【校】

①郭：底本原校者旁注「鄗」字。

【注】

〔一〕異香：舊説異香能令死者還魂。據舊題東方朔《海内十洲記》記載，聚窟洲有反魂樹，伐其木根心，於玉釜中煮取之，更微火煎如黑餳狀，作成丸，名曰驚精香，又名震靈丸、返生香等，香氣能起死回生。

坐月

姮娥不待邀，同我度良宵。映竹篩花壁，臨窗浸素綃。病多嫌雪簟，坐久厭風蕉。惝恍清輝下〔一〕，微吟遣寂寥。

【注】

〔一〕惝恍：《玉篇·心部》：「惝恍，失志不悦皃。」《楚辭·遠游》：「步徙倚而遥思兮，怊惝恍而乖懷。」

愁

縈懷恰似千絲柳，點鬢新鋪一夜霜。輾轉不知緣底事〔一〕，手挪衣帶繞迴廊。

【注】

〔一〕緣底：緣何，因何。底，何，什麽。

風雨

芳華掩忽葬青苔①〔一〕，只爲殘春風雨摧。浪卷塵飛千里合，雷轟電掣百重開。秦人有洞身難往〔二〕，王謝無家燕不來〔三〕。淪落空山誰顧問，子規朝泣夜猿哀。

【校】

①底本原校者眉批：「映寫本『掩』作『奄』。」

【注】

〔一〕掩忽：同「奄忽」。《文選》卷二九《古詩十九首》：「奄忽隨物化，榮名以爲寶。」唐李周翰注：「奄忽，疾也。」

〔二〕秦人有洞身難往：用陶潛《桃花源記》事。

〔三〕王謝無家燕不來：劉禹錫《烏衣巷》：「舊時王謝堂前燕，飛入尋常百姓家。」

偶見贋作閨秀詩戲占

妍醜存千古，拈題妄效顰①。豈煩僵代李〔一〕，何藉捉刀人〔二〕。衹爲鳩藏拙②〔三〕，翻令鼠亂真〔四〕。聲名須自立，托借不勝貧③。

【校】

①底本原校者眉批：「映寫本『顰』作『嚬』。」按：「嚬」爲「顰」的古異體俗字。

②底本原校者眉批：「映寫本『衹』作『秖』。」後文底本原校者於《城中懷家山》其二「丹青衹向望中收」之「衹」字右側加點，并於天頭標「秖」字，情況與此同。

③底本原校者眉批：「映寫本『托』作『那』。」

【注】

〔一〕僵代李：古樂府《鷄鳴》：「桃生露井上，李樹生桃傍。蟲來嚙桃根，李樹代桃僵。」

〔二〕捉刀人：本指曹操，引申指頂替人做事或作文的人。《世説新語·容止》：「魏武將見匈奴使，自以形陋，不足雄遠國。使崔季珪代，帝自捉刀立床頭。既畢，令間諜問曰：『魏王何如？』匈奴使答曰：『魏王雅望非常，然床頭捉刀人，此乃英雄也。』魏武聞之，追殺此使。」

〔三〕祇爲鳩藏拙：用鳩居鵲巢事。《詩·召南·鵲巢》：「維鵲有巢，維鳩居之。」《禽經》「鳩拙而安」注：「鳩，鳲鳩也。《方言》云：蜀謂之拙鳥，不善營巢，取鳥巢居之，雖拙而安處也。」

〔四〕翻令鼠亂真：用鳥鼠同穴事。《爾雅·釋鳥》：「鳥鼠同穴，其鳥爲鵌，其鼠爲鼵。」晉郭璞注：「鼵如人家鼠而短尾，鵌似鵽而小，黄黑色。穴入地三四尺，鼠在内，鳥在外。」北魏酈道元《水經注·禹貢山水澤地所在》「鳥鼠同穴山在隴西首陽縣西南」注：「杜彦達曰：『同穴止宿，養子互相哺食，長大乃止。』」清徐松《西域水道記》卷五《賽喇木淖爾所受水》：「又有鳥鼠同穴者。鼠如常鼠，鳥長尾緑身，如鵲而小。黎明，鳥先出翱翔，鼠蹲穴口顧望，漸走平地。鳥來集鼠背，張翼以噪，鼠往返馳而鳥不墜，良久乃已。是即《爾雅》鵌、鼵，郭景純言『鳥鼠同穴山在隴西首陽縣』，以今驗之，不僅渭源有此矣。」

雪夜懷嫂

雨雪迷行迹，家山信杳無。愁多恐夢攪，不寐擁薰爐。薰爐香燼滅，灰冷心尤熱。熱懷偏苦長，長夜念家鄉。昔年於此際，景物堪人意。梅痕逗暗香，月影籠階砌。所幸有同人，欣玩斯同味。今也昔不往，幽勝辜清賞。梅月雪光浮，空歸緑繞樓。

春游

百五恰當寒食節〔一〕，深溪野徑衆芳齊。乍飄杏雨花邊細，將放梨雲柳畔低。攘攘游蜂喧暖晝，翩翩輕燕繞晴堤。踏青不怯香泥透，歷盡幽尋日已西。

【注】

〔一〕百五：百五節，即寒食節，在冬至後的一百零五天，故名。

山行

莫羨桃源可避秦，恰生幽谷待幽人。送迎不盡青山意，紆折還隨流水親。睍睆鶯如呼舊識①，嶙峋石似證前身。何能小築長松下，時聽風濤濯世塵。

【校】

①底本原校者眉批：「映寫本『睍』作『睆』。」

秋日同女伴家山閑玩

清秋邀侶探幽芳，仄徑迎來野菊香。楓葉斷霞晴映紫，枯藤絶嶂冷同蒼。厓邊飛瀑潺潺下，天際歸鴉陣陣忙。坐久不知山月上，侵林流影滿衣裳。

一片嵐光悄未收，空濛漸漸鎖層樓。迷離樹色疑雲影，慘淡波痕恍月浮。宿鳥歸飛仍肅肅，清砧遠和自悠悠。暮寒又逼衣香冷，風雨蕭條故釀愁。

重陽前一日憶舊游

睡起西窗日已斜，滿庭秋色怨黄花。明朝又是重陽節，誰與登高玩落霞。

冬初隆平山掃葉作

負土封蕁世屢遷，森森松檜尚依然。悲風入樹惟哀響，落葉漫山空野煙。孤墓有身修此日①，雙魂若箇愍它年②？遥天漠漠渾難問，却對寒潭只自憐。

【校】

①底本原校者眉批：「有身，《縣志》『身』作『心』。映寫本『身』同。」

②底本原校者眉批：「愍，《縣志》『愍』作『憫』。映寫本『愍』同。」

月下憶家

香霧清輝景不殊，家山别後有誰娱。不知此際樓邊樹，照在亭亭第幾株。

秋蓮

不須重聽采蓮歌，露冷蓮房蓮子何。蓮葉化衣衣那着，蓮莖絲盡藕絲多。

築圃

築圃因栽藥，殘年可養身。菊英清耳目，萱草悦心神〔一〕。移沃培根壯，編籬護葉新。倦來坐苔石，雙蝶也隨人。

【注】

〔一〕萱草悦心神：萱草又稱忘憂草。《詩·衛風·伯兮》：「焉得諼草，言樹之背。」毛傳：「諼草令人忘憂。」《釋文》：「諼，本又作『萱』。」三國魏嵇康《養生論》：「且豆令人重，榆令人瞑，合歡蠲忿，萱草忘憂。」

秋情

窗竹瀟瀟入夢清，凉蟾皎皎枕邊明。秋情無限誰同賦，絡緯孤鴻相和成〔一〕。

【注】

〔一〕絡緯：莎雞，俗稱紡織娘。李白《長相思》：「長相思，在長安。絡緯秋啼金井闌，微霜凄凄簟色寒。」

重陽紀懷

重九年年一度來，斜陽雁影共徘徊。佩萸舊迹供誰賞，對菊新懷擬自開。何限凋榮風外葉，片時冷暖夢中杯。浮沉莫問秋光好，淡魄雲籠照碧苔。

去年此日記登樓，一帶幽清縱目收①。特兀煙巒渾漠漠，離奇野樹更颼颼。黄花冒雨供佳節，緑酒因時醉素秋。故景却從何處覓，瀟湘屏上作重游。

【校】

①幽清：滬鈔本作「幽情」。

繡字

嘗聞針有神，不爲針痕掩。非指亦非絲，秀勁同揮染。

盆蘭

藝蘭得韵友，湘雲生來久。搦管對芳姿，丹青亦非有。

玩月歌

一年十二月中月，月月清輝不少歇。萬里澄澄遍月明，虚堂拜月月無情。可憐月既無情物，見月何令萬感生。感月床前不可卷〔一〕，故將月意參清辯。漢宫扇月寄愁思，蕙女流黄月照帷。惆悵空歸環珮月〔二〕，畫樓殘月夢回時。篩林月色添深淺，杯月欲吞輪乍展〔三〕。手探水月復翻波〔四〕，月落子規啼不轉〔五〕。隙月穿櫺豈易縫，鋪庭月練寧能翦①。花間邀月醉成三，蘿月琴心聊自遣〔六〕。拂去仍還月在衣〔七〕，閉窗推月尚留扉。月含梅影難輕折，伴月鳴砧未肯歸。曉月無人蓮墮蚤〔八〕，釵劃月痕記懷抱〔九〕。堪親柳月愛絲絲，斷雲開月風吹好。流天月華誰與攀，映地月陰却難掃。清游馬蹄霜月中〔一〇〕，凄其雪月關山道。幽人弄月月不知，月自長生人自老〔一一〕。徘徊月底悲且歌，今人古月將奈何。

【校】

①翦：底本原校者於天頭標「剪」字。

【注】

〔一〕感月床前不可卷：唐張若虛《春江花月夜》：「玉户簾中卷不去，擣衣砧上拂還來。」

〔二〕惆悵空歸環珮月：杜甫《咏懷古迹五首之三》：「畫圖省識春風面，環佩空歸月夜魂。」

〔三〕杯月欲吞輪乍展：宋楊萬里《重九後二日同徐克章登萬花川谷月下傳觴》：「舉杯將月一口吞，舉頭見月猶在天。」元柯九思《中秋醉後偶作》：「持杯向月月墮酒，舉酒長吞月隨入。」

〔四〕手探水月：唐于良史《春山夜月》：「掬水月在手，弄花香滿衣。」

〔五〕月落子規啼不轉：唐崔塗《春夕》：「胡蝶夢中家萬里，子規枝上月三更。」温庭筠《碧澗驛曉思》：「月落子規歇，滿庭山杏花。」

〔六〕蘿月：杜甫《秋興八首》其二：「請看石上藤蘿月，已映洲前蘆荻花。」

〔七〕拂去仍還月在衣：張若虛《春江花月夜》：「玉户簾中卷不去，擣衣砧上拂還來。」

〔八〕曉月無人蓮墮蚤：唐陸龜蒙《白蓮》：「素花多蒙别艷欺，此花端合在瑶池。無情有恨何人覺，月曉風清欲墮時。」

〔九〕釵劃月痕記懷抱：元陶宗儀《南村輟耕録》卷一三：「新喻傅汝礪先生若金，嘗志其妻殯云：君諱淑，字蕙蘭，姓孫氏。……因其弟受唐詩家法於庭，取而讀之，得其音格，輒能爲近體五七言，語皆閑雅可誦，非苟學所能至者。……題曰《緑窗遺稿》，序而藏之。……七言詩曰：……幾點梅花發小盆，冰肌玉骨伴黄昏。隔窗坐久憐清影，閑劃金釵記月痕。」

〔一〇〕清游馬蹄霜月中：南唐李煜《玉樓春》：「臨春誰更飄香屑，醉拍闌干情未切。歸時休照燭花紅，待踏馬蹄清夜月。」

〔一一〕月自長生人自老：張若虛《春江花月夜》：「人生代代無窮已，江月年年望相似。」

聽鳥

茸茸徑草青，滴滴山泉咽。閑立背斜陽，怡心聽鵑鴂〔一〕。

【注】

〔一〕鶗鴂：即子規鳥，杜鵑。

高枕

香醝值新筭〔一〕，供我佐茗飲。淺啜已頹然，西窗寄高枕。

【注】

〔一〕醝：酒，白酒。

黏蝶

閑情拾鳥毳〔一〕，黏就蝴蝶戲。插向少女鬟①，翩翩夢中致。

【校】

①少女鬟：滬鈔本作「小女鬟」。

【注】

〔一〕毳：鳥獸的細毛。劉向《説苑・尊賢》：「背上之毛，腹下之毳。」

玩帖

古帖集秘閣，瑶函每裒訪。薰修此悟禪，斯樂欣獨享。

夜坐

一龕燈照壁，檐溜階除滴。香篆冷薰籠，影形愁作敵。

城中懷家山

層巒西去四十里，元是高人舊草堂。徑繞杏桃千樹綺，谷生蘭蕙百叢香。窮幽嘗入雲深處，采藥頻登石醉鄉。回首勝游思此際，蒼涼古木掛斜陽。

寂寂寧堪憶舊游①，黃花紅樹綴深秋。水光漾出玻璃鏡，山色堆成翡翠樓。險句每從天外得，丹青祇向望中收。閒關難到煙蘿地〔一〕，空對幽窗月半鈎。

西風落木撼江潮，靜聽悠然轉泬寥〔二〕。睡鴨殘香供永夜〔三〕，洞簫清調破霜朝。不堪顧慕含羈楚，但使吹傷任鬢凋。樓外恰添征雁陣，瀟湘較近故鄉遥。

【校】

①底本原校者眉批：「映寫本『寂寂』作『寂寞』。」

【注】

〔一〕閒關：亦作「間關」。《漢書·王莽傳》：「士死傷略盡，馳入宮，間關至漸臺。」顔師古注：「間關猶言崎嶇展轉也。」煙蘿地：煙籠蘿纏，草木茂密的地方。

〔二〕泬寥：《楚辭·九辯》「泬寥兮天高而氣清」王逸注：「泬寥，曠蕩空虛也。或曰，泬寥猶蕭條。蕭條，無雲貌。」

〔三〕睡鴨：卧鴨形狀的香爐。李商隱《促漏》：「舞鸞鏡匣收殘黛，睡鴨香爐換夕熏。」

雪

簌簌蕭蕭忽有無，枯林一夜現珊瑚。崖痕似皴倪迂筆〔一〕，竹篠纔披管氏圖。留月嚼花香肺腑，掃璚烹水韵鐺爐〔二〕。墻邊又見梅初笑〔三〕，凍徹南枝興不孤。

【注】

〔一〕倪迂：即倪瓚。倪瓚字元鎮，號雲林，自稱倪迂，元代著名畫家。善側鋒乾筆作皴，名爲「折帶皴」。

〔二〕璚：同「瓊」，喻雪。明高啓《煮雪齋爲貢文學賦禁言茶》：「自掃瓊瑶試曉烹，石爐松火兩同清。」

〔三〕墻邊又見梅初笑：北宋王安石《梅花》：「墻角數枝梅，凌寒獨自開。遥知不是雪，爲有暗香來。」

春殘

垂楊拂拂雨瀟瀟，滿院殘紅點點飄。茶熟香清初睡起，曲廊斜照伴無聊。

自遣

百年過半還加四，日日無憂豈及前。酒熟莫遲閑處飲，花開須就雨中憐。駐顔小圃俱栽藥，曝背重檐更着綿。榻得《黄庭》最警句，琴心三疊舞胎仙〔一〕。

【注】

〔一〕琴心三疊舞胎仙：胎仙，道教神名。《上清黄庭内景經·上清章第一》：「上清紫霞虚皇前，太上大道玉晨君。閑居蘂珠作七言，散化五形變萬神。是爲黄庭作内篇，琴心三疊舞胎仙。」

秋旱書悶

秋空目斷阿香聲〔一〕，土已生煙釜絶烹。偏是姮娥勤夜出，清江愛照桔槔鳴〔二〕。

辟穀機緣似可期〔三〕，未聞辟水涸泉池。問余拔宅升仙去〔四〕，碧落佳音定幾時〔五〕。

【注】

〔一〕阿香聲：雷聲。白居易《白氏六帖事類集》卷一引《續搜神記》：義興人姓周，永和中出都。日暮，道邊有一新草小屋，一女子出門望見，周曰：「日已暮，周求寄宿。」向一更中，聞外有小兒喚：「阿香，官喚汝推雷車。」女乃辭去。明朝視宿處，乃一新冢耳。

〔二〕桔槔：古代一種利用杠杆原理汲水的工具。《莊子·天地》：「子貢曰：『有械於此，一日浸百畦，用力甚寡而見功多，夫子不欲乎？』爲圃者卬而視之曰：『奈何？』曰：『鑿木爲機，後重前輕，挈水若抽。數如泆湯，其名爲槔。』」

〔三〕辟穀：道教有辟穀導引之術，乃不食五穀，而服藥物，兼做導引等工夫。

〔四〕拔宅升仙：指全家成仙。南朝宋劉敬叔《異苑》卷三：「昔仙人唐昉拔宅升天，鷄犬皆去，唯鼠墜下。」

〔五〕碧落：道教語。青天，天空。

探梅

煮雪茗味清，探梅携到圃。梅開固自馨，梅結心殊苦。

贈丁貞女〔一〕

何事幽芳擅獨清，艷思綺語豈相傾。秖知一念堅初約，守義寧同只守情。

莫問滇南雁早遲，有天詎肯任重移。甘充繡佛司香使，日伴曇花楊柳枝。

眉黛未經張敞筆〔二〕，冰心已慕衛姬風①〔三〕。千秋高行誰堪擬，孤月常懸雲外峰②。

蓮性爲胎不染塵，雲黃靈秀毓天真。如何孱息能風世〔四〕，疑是維摩再現身。

【校】

①慕：底本作「暮」，底本原校者眉批：「映寫本『暮』作『慕』。」據改。

②底本原校者眉批：「映寫本『常』作『長』，『雲』作『雪』。」按：作「雪」者似更貼合格律。

【注】

〔一〕丁貞女：《（雍正）浙江通志》卷二一二《列女・義烏縣・國朝・丁貞女》：「《題旌册》：『名曇娘，許字同邑沈敦。年十二，敦隨父任雲南之曲靖衛，越四載病故。訃聞，女立志守節。家故貧，以紡績自給。歲時祭奠其夫，必極哀。事寡母，孝養備至。及母殁，遇閩寇之變，女隨孀母避地東陽，寇過不忍犯其廬，里舍賴以保全。先是，其叔與兄欲嫁之，女截髮自誓，人咸笑其愚。及遇亂，能擇地自全，人莫不稱其智焉。有婢名冬菊，感其苦節，相依不忍去。女年六十三，冬菊亦五十餘矣。康熙二十七年具題，奉旨建坊旌表。』謹按：舊《浙江通志》及《金華府志》皆作丁團娘，許字沈名登，學道張衡《丁貞女傳》亦同。惟《義烏縣志》作曇娘，沈名登作沈敦，係十七都人。今查《題旌册》，與《縣志》同。蓋《縣志》作於《題旌》之後，自當以《題旌册》爲據。」

〔二〕張敞筆：《漢書・張敞傳》：「然敞無威儀，時罷朝會，過走馬章臺街，使御吏驅，自以便面拊馬。又爲婦畫眉，長安中傳張京兆眉憮。」

〔三〕衛姬風：《列女傳・賢明傳・齊桓衛姬》：「衛姬者，衛侯之女，齊桓公之夫人也。桓公好淫樂，衛姬爲之不聽鄭衛之音。」

〔四〕孱息：猶云弱質，指女子。風世：勸勉世人。

九日雨樓獨眺用前韵

煙接雲垂風雨來，登山不就只登臺。紫萸緑酯誰爲飲，紅蓼黄花真浪開。落帽無人成俯仰〔一〕，憑欄令我幾遲回。感懷更遇窮清境，但對潺潺誦七哀〔二〕。

昨歲瀟湘屏上游，今朝風雨在重樓。畬田秫少艱新釀〔三〕，籬落花多佐舊愁。疊疊山雲閑自賞，茫茫野景倩誰收。淋漓妙墨饒佳思，難寫初寒向暮秋①。

【校】

①暮秋：滬鈔本作「暮愁」。按：「暮秋」爲農曆九月，與詩題「九日」（九月九日）合，滬鈔本非是。

【注】

〔一〕落帽：《世説新語·識鑒》「武昌孟嘉作庾太尉州從事」篇劉孝標注引《嘉别傳》曰：「（孟嘉）後爲征西桓温參軍，九月九日，温游龍山，參寮畢集。時佐史并著戎服，風吹嘉帽墮落，温戒左右勿言，以觀其舉止，嘉初不覺，良久如厠，命取還之。令孫盛作文嘲之，成，著嘉坐。嘉還，即答，四坐嗟嘆。」

〔二〕七哀：三国魏曹植《七哀》：「明月照高樓，流光正徘徊。上有愁思婦，悲嘆有餘哀。借問嘆者誰？言是客子妻。君行逾十年，孤妾常獨栖。君若清路塵，妾若濁水泥。浮沉各異勢，會合何時諧？願爲西南風，長逝入君懷。君懷良不開，賤妾當何依？」

〔三〕畬田：采用刀耕火種方法耕種的田地。宋范成大《勞畬耕》序：「畬田，峽中刀耕火種之地也。春初斫山，衆木盡蹶。至當種時，伺有雨候，則前一夕火之，藉其灰以糞。明日雨作，乘熱土下種，即苗盛倍收，無雨反是。山多磽確，地力薄，則一再斫燒始可藝。」

題畫

一層千里窮，亭亭飛鳥外。仰接可排雲，俯窺堪吸海。

獨酌潑新醅，頽然欣自放。空壺掛樹間，擁琴眠石上。

樂山已住山，對水彈《流水》〔一〕。幽響自泠泠，孤清謾勞指。

奔雲騰迅馬，舞葉亂鳴環。片時妝黛變，神女過空山。

種藕得花憐，婷婷嬌欲語。水國迥人天，清香淡炎暑。

宿雨没沙痕，崖松翠欲滴。徙倚正翛然，又送君山笛〔二〕。

遥岑暮雨收，平林猶漠漠〔三〕。秋喧一派來，沙洲雁初落。

樹密能藏日，山深易近秋。坐來霞共浪，又向野亭收。

點點青螺小，層層綺樹幽。岩窩藏古刹，游棹最宜秋。

媥爤丹染樹〔四〕，縹緲碧攢雲。不是山靈喜，安能日向君。

崖影淡烟中，霜楓映水紅。停橈欲贈葉，搜句倚孤篷。

寒林歸鳥遲，野寺疏鐘蚤。來往夕陽亭，青山自堪老。

欹磴路盤陀〔五〕，潺湲風斷續〔六〕。無人坐小亭，寒雲栖古木。

崔嵬阻莽蒼，寒英不可見。風裏偶隨香，嶺雲空踏遍。

板橋雲尚凝①，寒花初着樹。溪山展畫圖，驢背馱詩句〔七〕。

冷月誰看好，鷄聲野店開〔八〕。蹇驢沽酒去，香樹遠浮來。

山田已縣圃〔九〕，古木亦璚枝。莫道幽栖獨，霜籬有鶴窺。

【校】

①底本原校者眉批：「映寫本『雲』作『雪』。」

【注】

〔一〕《流水》：古琴曲名《高山流水》，亦泛指琴曲。

〔二〕君山笛：君山在洞庭湖口，《水經注》：「是山湘君之所游處，故曰君山矣。」山有斑竹，又名湘妃竹，傳爲舜之二妃娥皇、女英以泪染成。明錢福《哀春賦》：「君山笛歇，弔娥皇之弗起；廣陵琴亡，悵王孫之不來。」

〔三〕平林猶漠漠：舊題李白《菩薩蠻》：「平林漠漠煙如織，寒山一帶傷心碧。」

〔四〕媥爛：即「媥爛」「斑爛」，色彩錯雜鮮明貌。

〔五〕欹磴：傾斜的石級。盤陀：曲折回旋貌。

〔六〕潺湲：流動的樣子。

〔七〕驢背馱詩句：五代宋初孫光憲《北夢瑣言》卷七：「或曰：『相國近有新詩否？』（鄭綮）對曰：『詩思在灞橋風雪中驢子上，此處何以得之？』蓋言平生苦心也。」

〔八〕鷄聲野店開：温庭筠《商山早行》：「鷄聲茅店月，人迹板橋霜。」

〔九〕縣圃：《楚辭·離騷》：「朝發軔於蒼梧兮，夕余至乎縣圃。」王逸注：「縣圃，神山，在昆侖之上。」

夢先姑龔太孺人

夢魂猶得承顏色，語笑經違三十秋。
耿耿此心珍所授，尚存香鴨在床頭。

即景

露冷池蓮曉更愁，折來聊向膽瓶留。
小樓又有霞光入，妝點紅衣一段秋。

嶙峋石壁繞清漪，野碓高低傍水涯。
橋外澄流堪獨浣，斜陽正是曬衣時。

移琴坐月對蒼山，桂露溥溥濕鬢鬟。
奏罷湘靈煙水弄〔□〕，氤氳何處是人間。

縹緲溪雲映水飛，磯頭凝睇思依依。
如何探手澄波下，挈取奇峰一片歸。

秀野園中獨放遲，一枝瘦影倚疏籬。携壺拂石惟孤賞，瓣瓣香痕照酒巵。

蕭瑟霜林盡錦文，厓邊數樹半紛紛。臨流拾得媥嬾葉，拈取秋思向晚雲。

秪知詩思清人骨①〔二〕，一枕黑甜佳亦同〔三〕。數曲新音隨午夢，疏桐枝畔篆煙中。

山影雲痕雨後觀，野流一派正漫漫。偶來試筆幽窗下，摹得濤聲滿楮寒。

不斷秋霖漲晚濠，兒童網罟浪中撈。樓南望裏遥相問，可有鮮鱗换濁醪。

參差古木山莊窅〔四〕，掩映荆扉竹裏開。落日煙中喧宿鳥，一肩黄葉帶雲來。

漠漠寒雲翳夕陽，蕭蕭庭樹悴輕霜。盈階拂户長無掃，好伴松風颯夜廊。

連朝風變雁來紅，凋落孤妍曲砌空。莫謂寒深幽況寂，枝枝寫向繡床中。

地僻林深山月小，疏櫺颯颯風更峭。移燈熨貼整衣羅，獨倚香篝不知曉〔五〕。

【校】

①人：底本作「入」，據滬鈔本改。

【注】

〔一〕湘靈煙水弄：《楚辭·遠游》：「使湘靈鼓瑟兮，令海若舞馮夷。」

〔二〕詩思清人骨：韋應物《休假日訪王侍御不遇》：「怪來詩思清人骨，門對寒流雪滿山。」

〔三〕黑甜：睡。蘇軾《發廣州》：「三杯軟飽後，一枕黑甜餘。」自注：「浙人謂飲酒爲軟飽。俗謂睡爲黑甜。」

〔四〕窅：幽静，岑寂。

〔五〕獨倚香篝不知曉：白居易《後宫詞》：「紅顔未老恩先斷，斜倚薰籠坐到明。」

題自寫麗人圖

輕裙長袖徘徊進，帶急腰羸不耐嬌。一曲柘枝將入破〔一〕，便同回雪信風飄。

妝罷翩翩傍水行，紅蕖斜映漾空明。波痕細拂衣痕動，宛轉驚鴻態倍輕〔二〕。

盈盈嬌殢如沾酒，慊慊腰慵似柳枝。語燕驚回殘夢遠，手持羅帶正凝思。

黄金架上雪衣孃〔三〕，春曉清聲似弄簧。教就一篇花月令，玫瑰和露送新香。

枕痕印玉紅猶在，蕉影分衫緑自來。髩嚲釵横嬌似病，殘編擁處掩還開。

太液新波朝雨添，紅蕖朵朵偃池邊。清香不奈裴回意〔四〕，折取歸來盡日憐。

日午庭花半已稀，紗窗夢覺展羅幃。纖纖細步蘇春困，却伴新來燕子飛①。

分絨綴彩針纖麗，巧繪摹神筆意先。宛轉沉思應有得②，鴛鴦樓向并根蓮。

六曲欄干八摺屏，圍紅繞翠護娉婷。重重不礙雙鶯囀，贏得含情獨自聽。

繁紅落盡雨初收，庭際陰陰意似秋。隨蝶逐香回復往，輕痕無處不雙鈎。

輕鋪鴉翅曉妝新〔五〕，半蹙雙蛾畫欲成。脉脉支頤緣底意，憐儂只有鏡中人。

香銷漏斷猶欹枕，爲恐愁深夢欲多。蛩韵竹聲簾外月，伴人擁被夜如何〔六〕。

畫閣紅窗罷繡時，海棠花畔恰相隨。銀屏半影憑肩立③，初月徘徊正似眉。

【校】

①本詩蘭鈔本附於《凝香閣四時宫意圖詩》後，題作「附録張希孟題畫詩」，并有題識：「畫意屬暮春節候，一美人宫妝艷服，簾前小步，數乳燕，與風帶低颺，翩翩如活，態度宜人。」後有張氏小傳，曰：「希孟諱守登，字崇善，張公以邁長女，歸倪晉駱。爰寫尺幅山水及水墨觀音，皆凝香主人所授也。蓋希孟爲倪門婦，故於凝香子詩後并録之，以銘不朽云爾。」

②宛：底本作「察」，底本原校者眉批：「映寫本『察』作『宛』。」據改。

③底本原校者眉批：「映寫本『影』作『映』。」

【注】

〔一〕柘枝：柘枝舞。《樂府詩集·舞曲歌辭五·柘枝詞》題解引《樂府雜録》曰：「健舞曲有《柘枝》，軟舞曲有《屈柘》。」入破：唐宋大曲分散序、中序和破三部分，各部分又分「遍」，遍數多少不等。「入破」即爲破的第一遍。

〔二〕驚鴻：形容輕盈優美的舞姿。曹植《洛神賦》：「翩若驚鴻，婉若游龍。」

〔三〕雪衣孃：亦作「雪衣娘」，指白鸚鵡。唐鄭處誨《明皇雜録》：「開元中，嶺南獻白鸚鵡，養之宫中。歲久，頗聰慧，洞曉言詞，上及貴妃皆呼爲『雪衣女』。……上每與貴妃及諸王博戲，上稍不勝，左右呼『雪衣娘』，必飛入局中鼓舞，以亂其行列。」

〔四〕裴回：留戀貌。

〔五〕鴉翅：比喻婦女鬟髮。唐鄭畋《題緱山王子晉廟》：「霧垂鴉翅髮，冰束虎章腰。」

〔六〕夜如何：《詩·小雅·庭燎》：「夜如何其？夜未央，庭燎之光。」鄭箋：「曰夜如何其，問早晚之辭。」

平隝重游①

自隔煙蘿幾度秋，干霄檜柏喜仍留。石屏疊長茸茸蘚，曲澗添分細細流。徑草縈裾迷舊勝，山花滿目引新游。扶笻偶過疏林下，返影斜陽境倍幽②。

【校】

①隖：底本原校者旁注「塢」字。按：「塢」同「隖」。

②底本原校者眉批：「映寫本『斜陽』作『斜銜』。」按：作「斜銜」較勝。

游八師岩〔一〕

向多山水緣，此復愜幽賞。翠岩現金身，携我上仙掌。

幽磬送靈籟，倏然已絶塵。更聞雲外磬，方悟夢中身。

絶境迥塵寰，禪關雲自鎖。何幸此中來，天風爲吹墮。

【注】

〔一〕八師岩：民國五年鉛印本《光緒浦江縣志稿》卷二《山川》作「八仙岩」，云：「縣南三十里。」

後附雙行小字注，引本題詩第二首。《（光緒）浦江縣志》已改作「八師岩」，未附詩。

過虎尖崗〔一〕

仙華蒼靄中〔二〕，芝嶺烟蘿外。群山争獻奇，峰峰可驚拜。

虬松似障圍，巉石如蓮座。小立一嘯吟，幽禽起相和。

【注】

〔一〕虎尖崗：民國五年鉛印本《（光緒）浦江縣志稿》卷二《山川》：「虎尖岡，縣南三十七里。」後附雙行小字注，引本題詩第一首。

〔二〕仙華：仙華山。《（光緒）浦江縣志》卷二《山川》：「仙華山，縣北十里，俗名仙姑山。高一百五十丈，周二十五里，亦名少女峰，鄭輯之《東陽志》謂軒轅少女元修於此上升，故名。其山五筆插天，四面成形，觀者神仄。稍左竹岩，斜方如玉尺陡建，下坪夷曠，可容數十家。再左一山名華柱山，俊偉端凝，署居正北則縣後屏矣。其間層嶂疊翠，峭崿崚嶒，懸崖千尺，下臨幽絕。隆冬積雪，清冷之致，徹人肌骨。」

下密溪岩〔一〕

龕外游雲氣，岩前掛雨聲。奇觀偶相遇，捫石問三生〔二〕。

霞紅斜着樹，巒影倍涵青。已惜行游晚，歸鴉又不停。

【注】

〔一〕密溪岩：《（光緒）浦江縣志》卷二《山川》：「密溪岩，縣西南四十里，廣二十餘丈，高深各三丈餘。爽塏砥平，儼若堂宇。冬温夏冷，岩前瀑布如珠簾。邑人倪尚忠納凉於此，作《密溪洞天賦》。」賦見《龍池倪氏宗譜》卷八。

〔二〕捫石問三生：唐李源與僧圓觀爲友，同出三峽，見婦人汲水，圓觀曰：「其中孕婦姓王者，是某托身之所。更後十二年中秋月夜，杭州天竺寺外，與公相見之期。」是夕圓觀亡而孕婦産子。後李源赴約，遇牧童歌《竹枝詞》：「三生石上舊精魂，賞月吟風不要論。慚愧情人遠相訪，此身雖異性長存。」是知牧童乃圓觀後身。詳見唐袁郊《甘澤謡·圓觀》。

同女伴游溪山晚歸

選勝臨溪險，相呼過石墩。風扶翻袖影，沙滑亂鈎痕。

鳴泉阻歸路，山月蚤相迎。隱隱茅檐外，竹疏燈影清。

上元夜

今宵風景兆春陽，月下煙籠似有香。何處紅妝笑相約，笙歌閣上禱文昌〔一〕。

簫鼓初停月色高，燒燈庭院已深宵。窗前梅影横斜處，把燭孤行照寂寥。

【注】

〔一〕笙歌閣上禱文昌：《（光緒）浦江縣志》卷三《歲時》：「二月二日，文昌帝君誕辰，文人聚會拜祝，駢肩累迹。」

宫意圖詩

宫意圖詩叙

詩者，持也，所以持人性情而止乎禮義者也。自十五國風《葛覃》《卷耳》《泛柏》《簹竿》諸什〔一〕，以及班、蘇諸名媛，文詩名世，彤管有煒尚已，乃不意當今而有《宫意圖詩》也。維婺降神，五雲在手，爲倪氏女也。士者爲吴氏母也，而卓乎異哉。顧有才如此，而且自閾其言者，垂五十餘年，而後令似吴生雲將輩始得請而梨棗之〔二〕。又以余既膺天子命，將采輶軒之風以陳諸太史氏〔三〕，而仰佐文德之洽焉。遂攀余轅，信宿茇舍而求問所謂元晏者〔四〕，以表其母氏之幽貞，亦猶中原之菽也〔五〕。余嘉其意，樂爲表章之。因嘆此邦溪山深秀，自休文倡其教〔六〕，臨海爲之師〔七〕，風流文采，以至於今。尚有若蘭江文懿章先生〔八〕，暨烏孝襄毅吴先生之聞孫〔九〕，兩相伯仲，以詩名天下，而又有新陽葵明倪先生之賢女如此〔一〇〕，其堪并千秋也。倪先生爲先君同譜，余又通家猶子誼①〔一一〕，即序分外内乎而雁行等也〔一二〕。其家督賜如先生〔一三〕，文章氣誼甲天下，余幸與同登《南國賢書》〔一四〕，每數數汲引余爲縞帶交〔一五〕，尤比於硯席相聯也者〔一六〕。况吴母倪夫人，德媲女宗，幽貞足重，而異藻之軼倫，奚減高山仰止者乎？爰爲序，以授吴生，而歸之爲介眉之觴侑〔一七〕。

時康熙癸卯春暮蘭陵年家弟張星瑞題於峴陽官舍〔一八〕

【校】

① 底本原校者眉批：「映寫本『余又』作『余有』。」

【注】

〔一〕《泛柏》：即《詩・鄘風・柏舟》：「泛彼柏舟，在彼中河。髧彼兩髦，實維我儀。之死矢靡它，母也天只，不諒人只。泛彼柏舟，在彼河側。髧彼兩髦，實維我特。之死矢靡慝，母也天只，不諒人只。」序云：「共姜自誓也。衛世子共伯蚤死，其妻守義，父母欲奪而嫁之，誓而弗許，故作是詩以絶之。」《籊竿》：即《詩・衛風・竹竿》：「籊籊竹竿，以釣于淇。豈不爾思，遠莫致之。泉源在左，淇水在右。女子有行，遠兄弟父母。淇水在右，泉源在左。巧笑之瑳，佩玉之儺。淇水滺滺，檜楫松舟。駕言出游，以寫我憂。」序云：「衛女思歸也。適異國而不見答，思而能以禮者也。」

〔二〕梨棗：舊時刻版印書多用梨木或棗木，故用之代指書版。這裏用作動詞，雕印，付梓。

〔三〕輶軒：古代使臣乘坐的一種輕車，亦代指使臣。漢揚雄《答劉歆書》：「嘗聞先代輶軒之使，奏籍之書皆藏於周、秦之室。」太史氏：指太史令，亦泛指史官。《後漢書・百官志》：「太史令一人，六百石。本注曰：掌天時、星曆。凡歲將終，奏新年曆。凡國祭祀、喪、娶之事，掌奏良日及時節禁忌。凡國有瑞應、灾異，掌記之。」

〔四〕信宿茇舍：形容態度懇切。信宿，在外面連住兩晚。《左傳・莊公三年》：「凡師一宿爲舍，再宿爲信，過信爲次。」茇舍，言軍隊芟除草莽，即於野地休息。《周禮・夏官・大司馬》：「中夏教茇舍。」鄭玄注：「茇舍，草止之也。軍有草止之法。」元晏：即「玄晏」。《文選》卷五五陸機《演連珠》：「是以玄晏之風恒存，動神之化已滅。」唐吕延濟注：「玄晏，禮教也。」

〔五〕中原之菽：《詩・小雅・小宛》：「中原有菽，庶民采之。」鄭箋：「藿生原中，非有主也。以喻王位無常家也，勤於德者則得之。」

〔六〕休文：指沈約。沈約字休文。

〔七〕臨海：指駱賓王。《舊唐書・文苑上・駱賓王傳》：「駱賓王，婺州義烏人。少善屬文，尤妙於五言詩。嘗作《帝京篇》，當時以爲絶唱。然落魄無行，好與博徒游。高宗末，爲長安主簿，坐贜，左遷臨海丞。」

〔八〕文懿章先生：即章懋。章懋字德懋，浙江蘭溪人，明成化二年（一四六六）進士，歷任翰林院編修、南京大理寺左評事、福建僉事等，以直言敢諫、體恤百姓稱，道德文章爲世所重。後辭官歸里，於楓木山著書講學，世稱楓山先生，謚文懿。著有《楓山語録》《楓山集》等。

〔九〕烏孝襄毅吴先生：即吴百朋，見前《凝香閣稿序》「大司寇襄毅公」注。聞孫：有聲譽的子孫。

〔一〇〕新陽葵明倪先生：即倪尚忠。尚忠號葵明，傳見《金華徵獻略》卷一三《政績傳·倪尚忠》及《龍池倪氏宗譜》卷八《葵明倪老先生傳》，又《龍池倪氏宗譜》倪尚忠世系圖所附小傳。

〔一一〕猶子：《禮記·檀弓上》：「喪服，兄弟之子，猶子也，蓋引而進之也。」後因稱兄弟之子爲猶子。

〔一二〕雁行：《禮記·王制》：「父之齒隨行，兄之齒雁行。」後因以比喻兄弟。

〔一三〕家督賜如先生：即吴之器。吴之器字賜如，號神岳，倪仁吉夫吴之藝長兄，詳見前《凝香閣稿序》「神山子」注。

〔一四〕同登《南國賢書》：指明崇禎十五年（一六四二）同時中舉。《南國賢書》係南京鄉試登科録，明萬曆間張朝瑞輯，有崇禎間陸問禮重校續輯本、許天叙增補本等。

〔一五〕縞帶交：即縞紵之交，喻交情深厚。《左傳·襄公二十九年》：「（吴之公子札）聘于鄭，見子産，如舊相識，與之縞帶，子産獻紵衣焉。」

〔一六〕硯席相聯：指同學好友。《漢書·張湯傳附張安世傳》：「彭祖又小與上同席研書，指欲封之，先賜爵關内侯。」「研」同「硯」，後又因稱同學爲同硯。

〔一七〕介眉之觴侑：《詩·豳風·七月》：「爲此春酒，以介眉壽。」後以介眉爲祝壽之詞。

〔一八〕張星瑞：字玉符，武進人。清順治九年（一六五二）進士，順治十二年任金華府推官，歷遷刑部員外郎。《（康熙）金華府志》卷一四《宦迹》、《（道光）武進陽湖縣合志》卷二六《人物志·文學》有傳。

序

唐人以宮詞名家者不一，惟推龍標爲獨步〔一〕。昔人稱其就事寫情，繇情造極，玉溪諸子不能窺其壼奧焉〔二〕。然大約宮詞之作，或緣事以抒懷，或感物而寄興，雖所托不同，要其旨趨則一也①。故漢宮握寵，粉黛無顔〔三〕；虢國承恩，蛾眉淡掃〔四〕，見知遇之深焉。若夫珠簾欲捲，空朧樹色〔五〕，昭陽鳳輦不來，徒聽黄昏鶯語〔六〕，此則不得志者之借以自況也。吾因是而嘆古今之佳人淑女，以國色著名者有幾，而真成薄命，終錮長門〔七〕，泯没而無聞者，蓋已多矣。含情無買賦之金〔八〕，掩袂有入宮之妒②。玉關不出，誰憐漢苑琵琶〔九〕；錦臂長懸，方怨隋宮花草〔一〇〕。故有行吟坐侘〔一一〕，同紉茝之大夫〔一二〕；亦多抱璞懷貞，比佩蘭之君子〔一三〕。憐才何限，寓意難窮，此吴夫人《宮意圖詩》之作不能已已也。夫人工繪事，而又嫻敏多巧思，特爲設意中之景，想景中之人，寫人中之畫，作畫中之詩，對其景而其人呼之欲出，而其人之才與情亦無不畢出。凡其間才者、貌者、嚬者、笑者、遇景而若有所思、若無所思者，一一爲之開生面。昔人稱摩詰「詩中有畫，畫中有詩」〔一四〕，今於夫人見之矣。至其序次之陸離茐鬱〔一五〕，自是昆山片玉〔一六〕、鄧林一枝〔一七〕，手筆不在唐韓渥〔一八〕、段成式諸君下〔一九〕，又豈獨其宫詞之就事寫情、繇情造極似龍標已哉！古女子之以才著者，莫過李易安、朱淑真，而大節無聞焉③。夫人秉雪霜之操，與日月争光，雕蟲其小技耳〔二〇〕，豈易安輩可同年而語耶？讀是詩者，要知作者一片憐才苦心，毋徒爲綺窗鉛槧聊銷白晝已也。

時康熙歲次壬寅菊秋上浣蘧庵張以邁拜書於緑香堂〔二一〕

【校】

①旨趨：蘭鈔本作「旨趣」。

②掩袂：蘭鈔本作「掩袖」。

③底本原校者眉批：「映寫本『無聞焉』作『無稱焉』。」

【注】

〔一〕龍標：即王昌齡。

〔二〕玉溪：李商隱，號玉溪生。初自號玉溪子。

〔三〕漢宫握寵，粉黛無顔：白居易《長恨歌》：「回眸一笑百媚生，六宫粉黛無顔色。」

〔四〕虢國承恩，蛾眉淡掃：唐張祜《集靈臺》其二：「虢國夫人承主恩，平明騎馬入宮門。却嫌脂粉污顔色，淡掃蛾眉朝至尊。」

〔五〕珠簾欲捲，空朧樹色：王昌齡《西宫春怨》：「西宫夜静百花香，欲捲珠簾春恨長。斜抱雲和深見月，朦朧樹色隱昭陽。」

〔六〕昭陽鳳輦不來，徒聽黄昏鶯語：唐段成式《折楊柳枝詞》：「枝枝交影鎖長門，嫩色曾沾雨露恩。鳳輦不來春欲盡，空留鶯語到黄昏。」

〔七〕終錮長門：用漢武帝陳皇后事。陳皇后以祝蠱事，爲武帝所廢，謫居長門宮。事見《漢書·外戚傳》。

〔八〕買賦之金：《文選》卷一六司馬相如《長門賦》序：「孝武皇帝陳皇后，時得幸，頗妒，别在長門宫，愁悶悲思，聞蜀郡成都司馬相如，天下工爲文，奉黄金百斤，爲相如、文君取酒……而相如爲文以悟主上，皇后復得幸。」按司馬相如《史記》《漢書》本傳無此事，論者以爲買賦事爲後人僞托。

〔九〕玉關不出，誰憐漢苑琵琶：用王昭君事。《後漢書·南匈奴列傳》：「昭君字嬙，南郡人也，初，元帝時，以良家子選入掖庭，時呼韓邪來朝，帝敕以宫女五人賜之。昭君入宫，數歲不得見御，積悲怨，乃請掖庭令，求行。呼韓邪臨辭，大會。帝召五女以示之，昭君豐容靚飾，光明漢宫，顧景裴回，竦動左右。帝見，大驚，意欲留之，而難於失信，遂與匈奴。」

〔一〇〕錦臂長懸，方怨隋宮花草：《煬帝迷樓記》：「後宮侯夫人有美色，一日，自經於棟下。臂懸錦囊，中有文。左右取以進帝，乃詩也……帝見其詩，反覆傷感。帝往視其尸，曰：『此已死，顔色猶美如桃花。』乃急召中使許廷輔曰：『朕向遣汝入後宮擇女入迷樓，汝何獨故棄此人也？』乃令廷輔就獄，賜自盡，厚禮葬侯夫人。帝日誦詩，酷好其文，乃令樂府歌之。」

〔一一〕行吟坐侘：《楚辭・漁父》：「屈原既放，游於江潭，行吟澤畔。」《楚辭・離騷》：「忳鬱邑余侘傺兮，吾獨窮困乎此時也。」王逸注：「侘傺，失志貌。」

〔一二〕紉茝之大夫：茝，香草名。《楚辭・離騷》：「雜申椒與菌桂兮，豈維紉夫蕙茝。」

〔一三〕佩蘭：《楚辭・離騷》：「扈江離與辟芷兮，紉秋蘭以爲佩。」

〔一四〕詩中有畫，畫中有詩：蘇軾《書摩詰藍田煙雨圖》：「味摩詰之詩，詩中有畫；觀摩詰之畫，畫中有詩。」摩詰，即唐代詩人、畫家王維，字摩詰，號摩詰居士。

〔一五〕陸離：雙聲聯綿詞，參差錯綜、光彩錯雜貌。茐：同「葱」。

〔一六〕昆山片玉：喻珍貴稀有。《晉書・郤詵傳》：「臣舉賢良對策，爲天下第一，猶桂林之一枝，昆山之片玉。」

〔一七〕鄧林：古代神話傳説中的樹林。《山海經・海外北經》：「夸父與日逐走，入日，渴欲得飲，飲於河渭，河渭不足，北飲大澤。未至，道渴而死。棄其杖，化爲鄧林。」後以鄧林比喻薈萃之處。南朝梁鍾嶸《詩品》：「所謂篇章之珠澤，文彩之鄧林。」

〔一八〕韓渥：即「韓偓」，晚唐五代詩人。

〔一九〕段成式：晚唐著名小説家，詩與李商隱、温庭筠接近，詩風華艷。

〔二〇〕雕蟲：揚雄《法言·吾子》：「或問：『吾子少而好賦？』曰：『然。童子雕蟲篆刻。』俄而曰：『壯夫不爲也。』」

〔二一〕張以邁：字月征，號匡廬，浙江浦江人。明崇禎十六年（一六四三）進士，授中書舍人，入清後不仕。著有《南州集》《沈水草》《匡廬集》。《（光緒）浦江縣志》卷九《人物·隱逸》有傳。

叙

從來明月懸砧，掖禁常增秋怨〔一〕；黄鸝喚夢〔二〕，宫庭更惹春愁。故流水潺湲，偶引御溝一葉〔三〕；蓬山杳渺，幾成對面層嵐。雖稱纖手之佳人①，共慨細腰之逐隊〔四〕，此名流圖繪所以相沿，而才士詩篇由之不廢也②。予祖姑以紙間月露，寫籞内煙雲。瑶草琪花，皆供點綴；雕欄畫棟，極致鋪張。疑身入深宫，恍神游勝苑。至嬋娟雅度瞻顧，姿傾百城〔五〕；而躑躅含悲屈曲③，腸經九轉。真丹青妙手，翰墨詞宗矣。嗟乎！隋室迷樓〔六〕，司花安在〔七〕？陳宫眢井〔八〕，玉樹何存〔九〕？且也蓮舟與香徑俱銷〔一〇〕，霖雨共鈴聲相亂〔一一〕，當時便已摧蘭碎玉，後世何庸染翰濡毫與？若夫曲曲蛾眉，值新妝而淡掃；絲絲蟬鬢④，方搔首以臨風。或重鎖遠山之顰〔一二〕，或永抱飛蓬之戚〔一三〕。梅花成標落〔一四〕，珍珠難慰寂寥〔一五〕；紈扇製團欒，篋笥還憐捐棄。長門對茲月皎，作賦用托諸相如；絶塞聽彼笳吟，披圖空尤夫延壽⑤〔一六〕。以視香燒石葉⑥，紅泪凝壺〔一七〕，池建瀛洲，清歌揚袖〔一八〕，其親疏爲奚等，而冷暖顧何如哉⑦。茲册既成，令人興嘆，乃知雲外不傳青鳥〔一九〕，山中可哭杜鵑也⑧。然則疊怨長箋，爰寫怨思於煙樹；言愁寸管，遂描愁態于簾櫳。則畫固長康之傳神〔二〇〕，而詩亦青蓮之逸調矣〔二一〕。

時康熙歲次壬寅重陽後五日侄孫晉駱敬撰并書⑨

【校】

①纖手：蘭鈔本作「翠袖」。

②由之：蘭鈔本作「因之」。

③躑躅：滬鈔本作「躑跼」。按：「躑躅」亦作「躑跼」，徘徊不進貌。

④絲絲：蘭鈔本同，滬鈔本作「紗紗」。

⑤空尤：滬鈔本作「只尤」。

⑥視：滬鈔本作「祝」。

⑦顧：蘭鈔本作「爲」。

⑧可哭杜鵑：蘭鈔本作「可笑白衣」。

⑨「時」字爲底本原校者補鈔。

【注】

〔一〕掖禁：「掖」指掖庭，爲宮中旁舍，嬪妃所居。東漢班固《西都賦》：「後宮則有掖庭、椒房，后妃之室。」「禁」指禁中，又稱省中，爲帝王居所。東漢蔡邕《獨斷》：「（漢天子）所居曰禁中，後曰省中。」

〔二〕黄鸝唤夢：化用唐金昌緒《春怨》詩意：「打起黄鶯兒，莫教枝上啼。啼時驚妾夢，不得到遼西。」

〔三〕御溝一葉：即「紅葉題詩」事，指因緣巧合。唐范攄《雲溪友議》卷一〇：「盧渥舍人應舉之歲，偶臨御溝，見一紅葉，命僕搴來，葉上乃有一絶句。置於巾箱，或呈於同志。及宣宗既省宫人，初下詔，許從百官司吏，獨不許貢舉人。渥後亦一任范陽，獲其退宫人，睹紅葉而吁嘆久之，曰：『當時偶題隨流，不謂郎君收藏巾篋。』驗其書，無不訝焉。詩曰：『流水何太急，深宫盡日閑。殷勤謝紅葉，好去到人間。』」

〔四〕細腰：《韓非子·二柄》：「楚靈王好細腰，而國中多餓人。」

〔五〕姿傾百城：《漢書·外戚傳·孝武李夫人》：「延年侍上，起舞歌曰：『北方有佳人，絶世而獨立。一顧傾人城，再顧傾人國。寧不知傾城與傾國，佳人難再得。』」

〔六〕隋室迷樓：《煬帝迷樓記》：「凡役夫數萬，經歲而成。樓閣高下，軒窗掩映，幽房曲室，玉欄朱楯，互相連屬，迴環四合，曲屋自通，千門萬牖，上下金碧。金虬伏於棟下，玉獸蹲於户傍，壁砌生光，瑣窗射日，工巧之極，自古無有也。費用金玉，帑庫爲之一虚，人誤入者，雖終日不能出。帝幸之，大喜，顧左右曰：『使真仙游其中，亦當自迷也，可目之曰迷樓。』」

〔七〕司花：《隋遺録》：「長安貢御車女袁寶兒，年十五，腰肢纖墮，騃冶多態，帝寵愛之特厚。時洛陽進合蒂迎輦花，云得之嵩山塢中，人不知名，采者異而貢之。……帝命寶兒持之，號曰『司花女』。」

〔八〕陳宫眢井：《陳書·皇后傳·後主張貴妃》：「及隋軍陷臺城，妃與後主俱入於井，隋軍出之，晉王廣命斬貴妃，榜於青溪中橋。」眢井：枯井。

〔九〕玉樹：即《玉樹後庭花》，歌曲名。《陳書·皇后傳·後主張貴妃》：「後主每引賓客對貴妃等游宴，則使諸貴人及女學士與狎客共賦新詩，互相贈答，采其尤艷麗者以爲曲詞，被以新聲，選宫女有容色者以千百數，令習而歌之，分部迭進，持以相樂。其曲有《玉樹後庭花》《臨春樂》等，大指所歸，皆美張貴妃、孔貴嬪之容色也。」

〔一〇〕香徑：范成大《吴郡志》卷八《古迹》：「采香徑，在香山之傍小溪也。吴王種香於香山，使美人泛舟於溪以采香。今自靈岩山望之，一水直如矢，故俗又名箭涇。」

〔一一〕霖雨共鈴聲相亂：唐鄭處誨《明皇雜録·補遺》：「明皇既幸蜀，西南行初入斜谷，屬霖雨涉旬，於棧道雨中聞鈴，音與山相應。上既悼念貴妃，采其聲爲《雨霖鈴》曲，以寄恨焉。」

〔一二〕遠山之顰：葛洪《西京雜記》卷二：「文君姣好，眉色如望遠山，臉際常若芙蓉，肌膚柔滑如脂。」

〔一三〕飛蓬之戚：謂與丈夫離别之憂傷。《詩·衛風·伯兮》：「自伯之東，首如飛蓬。」毛傳：「婦人夫不在，無容飾。」南宋朱熹《集傳》：「蓬，草名。其華如柳絮，聚而飛，如亂髮也。」

〔一四〕梅花成標落：「標落」同「摽落」，二字同義連文。《詩·召南·摽有梅》以梅實之落喻女子青春之易逝，籲婚嫁須及時，「梅花成標落」乃謂青春已逝。

〔一五〕珍珠難慰寂寥：《梅妃傳》：「上在花萼樓，會夷使至，命封珍珠一斛密賜妃，妃不受，以詩付使者曰：『爲我進御前也。』曰：『柳葉雙眉久不描，殘妝和淚污紅綃。長門自是無梳洗，何必珍珠慰寂寥。』上覽詩，悵然不樂，令樂府以新聲度之，號《一斛珠》，曲名始此也。」

〔一六〕絶塞聽彼笳吟，披圖空尤夫延壽：葛洪《西京雜記》卷二：「元帝後宮既多，不得常見，乃使畫工圖形，案圖召幸之。諸宮人皆賂畫工，多者十萬，少者亦不減五萬。獨王嫱不肯，遂不得見。匈奴入朝，求美人爲閼氏。於是上案圖，以昭君行。及去，召見，貌爲後宮第一，善應對，舉止閑雅。帝悔之，而名籍已定。帝重信於外國，故不復更人。乃窮案其事，畫工皆棄市，籍其家資，皆巨萬。畫工有杜陵毛延壽，爲人形，醜好老少，必得其真。……同日棄市，京師畫工於是差稀。」

〔一七〕香燒石葉，紅泪凝壺：王嘉《拾遺記》卷七載，文帝所愛美人，姓薛名靈芸，常山人也。……靈芸聞別父母，歔欷累日，泪下沾衣。至升車就路之時，以玉唾壺承泪，壺則紅色。既發常山，及至京師，壺中泪凝如血矣。帝以文車十乘迎之……道側燒石葉之香，此石重疊，狀如雲母，其光氣辟惡厲之疾；此香腹題國所進也。

〔一八〕池建瀛洲，清歌揚袖：舊題漢伶玄《趙飛燕外傳》：「成帝於太液池作千人舟，號『合宮之舟』，池中起爲瀛洲榭，高四十尺。帝御流波文縠無縫衫，后衣南越所貢雲英紫裙，碧瓊輕綃。廣榭上，后歌舞《歸風》《送遠》之曲，帝以文犀簪擊甌，令后所愛侍郎馮無方吹笙，以倚后歌中流。歌酣，風大起，后順風揚音，無方長噏細裊與相屬，后裙髀曰：『顧我，顧我。』后揚袖曰：『仙乎，仙乎，去故而就新，寧忘懷乎？』帝曰：『無方爲我持后。』無方捨吹持后履。久之，風霽，后泣曰：『帝恩我，使我仙去不待。』悵然曼嘯，泣數行下。」

〔一九〕雲外不傳青鳥：南唐李璟《攤破浣溪沙》：「青鳥不傳雲外信，丁香空結雨中愁。」

〔二〇〕長康之傳神：用顧愷之事。《世説新語·巧藝》：「顧長康畫人，或數年不點目精。人問其故，顧曰：『四體妍蚩，本無關於妙處；傳神寫照，正在阿堵中。』」

〔二一〕青蓮：指李白。李白號青蓮居士。

宫意圖詩

四時宫意圖詩庚子

一寫參差桃花十餘樹，一斜枝偃水，麗人倚之。徹風乍起，落英繽紛，羅帶同花片飛揚，如流霞迴雪，半着芳草，半隨清流。殘日依樓，真是一片春影矣。

滿院桃花片片春，紛紛細影結芳茵。隨風還勝宫墻外，只作香泥委路塵〔一〕。

一寫御池日晚，柳陰下數美人看花。一揎羅袖，持竿學釣；一蕩畫舫于中流采蓮。人影撩亂，水鳥驚飛，拍棹而歸，則暗香隨風送之。此昔人所云「一帶水痕香，蓮舟從此去」也〔二〕。

輕妝素帶髻雲偏，結伴同看太液蓮。倚楫搴花莖刺手，藕連絲繞使人憐。

一寫朱櫺繡幕，玉甃雕欄；修竹一叢，盆花數種。芸草襯以蒼苔，雙桐間零落葉。其下立侍女捧書，美人靚妝搦管，斜憑石几，凝睇若有所思，坐于層臺之上。明月懸空，畫樓隱約，煙樹蕭疏，氣韵生動，想見其間如長信秋宮者乎〔三〕。

鳷鵲樓中巧事休〔四〕，鳳凰臺上月光流〔五〕。高情不必長門賦，自伴雙桐咏感秋。

一寫梅千數株，紅英碧蕊，點綴枝頭，映水凌風，繞欄傍榭，或駢連獨秀，苔封偃蹇，悉窮妍盡態。當初月昏黄，寒鴉繞樹，美人冉冉小步花前，翠袖翩躚，沉吟有感，睹此寧非上陽宫梅精之小影耶〔六〕？

徘徊明月領幽香，素艷檀痕照上陽。惆悵無情有連理，雙雙更自妒鴛鴦。

一寫巧石玲瓏，佐以蘭竹，傍以女貞，夭桃乍開。恰啼鶯雙坐軒内，古鼎浮煙，縹緗盈案，佳人頹鬟不整，清容澹袂，兀坐匡床〔七〕，展素揮毫。外列石几，有藥鑪茶碾之具，小娃持扇撲蝶而戲，景况亦自翛然。但余適貌此稍羸，以肖左貴嬪可乎〔八〕？

不向宫廊灑竹枝，水沉香畔寫離思。雙鶯百囀供幽寂，却勝華林逐管吹〔九〕。

一寫水殿數重，雕楹畫棟，其下錯石嵌以繡甓。沼波漾漾，蓮葉田田，槐柳清陰，間以海榴灼灼，殿廊湘簾璚鈎綺疏。一面麗人輕綃倦態，倚胡床〔一〇〕，素手展卷，女奴二，一捧金甌，一蹲莎茵。銀瓶汲水，文鴛雙泳，漣漪泛然，返照沉水，天光陸離。左有石橋橫出，朱欄繞之，長堤之外，更有無窮之境也。

沼上瑶編展日斜，水光雲影漾輕紗。空憐回雪生香句，不敵昭陽解語花〔一一〕。

一寫七夕瓜果，樓上嬌娃拈針乞巧，美人俯欄，月影在水，微風生漪，桐陰幽映，銀河清淺，鵲飛螢亂。長生殿裏，此夜差涼矣〔一二〕。

秋到長生巧太多，正逢牛女會天河。蛛絲瓜果無心祝，百子池頭月蕩梭〔一三〕。

一寫畫樓高迥，四周環梅，璚枝交加相照。樓之中，翠幔懸鈎，琴書瀟灑，金爐寶鑑，筆研霞箋。麗人素妝雅飾，倚窗默坐構思。檐外夕陽弄影，遠樹依稀，歸鳥雙飛，山痕一抹。晚景之佳如此，不知亦可入賦中否耶？

世才那解相如賦，掩袂樓東筆自華。莫對春風哦舊句，恐將草色變梅花。

一寫禁中別院，垂楊數樹，飄花似雪，緑窗半啓，湘簾高捲。有一麗姝，丰姿綽約，嬌艷絶群，服霞綃，垂繡帶，如裊輕煙。蟬翼間鋪翠羽鸞釵〔一四〕，巧綴明珠寶璫玉珮，玲瓏錯落。妝成臨鏡，含嚬自惜，轉盼流光，若芙蕖一枝初映水也。迴廊外紫燕翩翩，銜泥照影。方池一泓，朱扉雙掩，淡日和風，春光滿院，恰宜隋宮絶世佳人居之耳。

妝成自惜夢成悲，入骨春寒到繡帷。莫羡楊花飛處好〔一五〕，合歡雙果賦阿誰〔一六〕。

一寫太液蓮花，紅衣翠葆①，亭亭出水，茭菰參差，澄波瀲灩。畫船半隱，美人傍舷沉思②，雙鬟持楫，仰視而笑。水際石臺特兀，青幔朱欄，几上陳瓜藕盤勺，一侍女倚欄招持楫者。香風時來，暮靄涵空③，凉思灑然矣。

蕩槳中流浪破天，風迴雲轉意仙仙。藕花葉底停橈處，紅影依稀漾碧漣。

一寫美人衣絳綃，羅帶飄揚，掩團扇含嚬獨立，有雙鬟藉草搗砧于梧桐之側。吟蛩喧砌，雁陣排空，月色朦朧，烟雲繚繞，宮闕掩映于樹影之中，點綴濃淡合宜，不覺意與景會也。

羅袂驚寒減玉顔，秋風送怨入齊紈。乘凌欲倩清砧往，偏帶昭陽歌吹還〔一七〕。

一寫邊塞之景，全以墨氣變滅杳渺。朔雲慘淡，塵野迷漫，孤城遠映，衰草荒凉。沙磧之外，數行征雁斜飛，日色蒼黄，晻晻欲落〔一八〕。下狀軍容之盛，有前行後未盡之意。中則旌旆數對簇擁一戎妝美女，抱琵琶立馬，回盼含情。近世圖明妃者多矣，未若仇實父之精妙入神〔一九〕，余偶見，惜不能購，今徒以意仿之，殊愧弗似也。

錦隊旌旗蔽朔雲，含悲立馬對斜曛。不須更羨深宮侶，携得宮衣可憶君。

一寫紅杏烘霞，閣窗四啓。美人臨檻曉妝，小婢夾侍，笑指飛花，粉蝶翩翩上下。宮墻斜出，流水畫橋，垂柳枝頭，恰黃鸝相對啼春晝也。

四面雕窗一片霞，凝妝春色却成嗟。風光怕逐宮前水，賴有晴絲罥落花〔一〇〕。

一寫太湖石坐一美人，瑰姿瑋態，高髻翠翹，窄袖長裾，宮妝奇古。方吹碧簫，雙鬟拍手和之。皓月方午，恰照梨花枝上。昔偶見元人此筆，聊以意摹之耳。

午夜璚簫弄月明，一聲入破自輕清。和歌更作迎仙曲，正好秦臺伴鳳鳴〔一一〕。

一寫紅樹斒斕，鮮艷不讓春花。流水一灣，繞亭臺數座，遠現宮殿，蔽以松柏，鬱茐蒼翠，斜偃秋風。苑中兩宮姬④，一臨流顧影，一持葉而書，坐于怪石。石畔黄菊未殘，小鬟采之。寫其優游，亦謂盡態，但此水紆迴，恐一葉不能順流矣。

題紅那得出人間，流水無情葉也閑。不似迴腸能九曲，却憐從此誤雲鬟。

一寫古檜藤絡，下有石床瑶琴，一麗人撫之，樹根盤曲，一欹坐聽之。紅樓翠幕，出于修竹梅枝之中，疏花數點，妝綴小春時耳。

調入蒼梧斑竹枝〔二二〕，瀟湘渺渺水雲思。聽來記得華清夜〔二三〕，疏雨銀缸獨坐時。

一寫海棠桃李，垂柳飄絲，鞦韆出柳上，畫廊依墻，迴閣飛碧，朱扉半掩。寶玩鐏彝之側，宫婢數人，雲鬟翠帶，執拂持巾。美人晚妝，支頤獨坐，嬌怨不勝。斜日雲籠⑤，春寒惻惻，歸鳥争栖，飛花撩亂，但寂寞深沉，恰是長門之景耳。

一帶斜陽晚色籠，鞦韆弄影蕩春風。朱扉欲掩還疑坐，隱隱車聲過别宫〔二四〕。

一寫錦屏圍繞，佳人枕琴欹卧，几上爐香裊裊。落月留窗，河漢澄澄，凉飔入樹，竹影飄摇，幽境悄然，惟有白雪猧兒吠月耳〔二五〕。

簟漾紋波凉意足，殘夢驚回宫漏促。寶鴨香餘一縷烟，落月影留半窗竹。

一寫秋宵，諸宫人持燭砌下，照捉蟋蟀〔二六〕。美人自携小金籠，坐于秋海棠之側，覓得者閉于籠，置之枕畔，夜聽其聲。且或邀女伴鬥之，角勝負、賭金錢也。

纖月樓頭纔乞巧，露華池上罷蓮歌。宫秋漫怕清宵寂，覓得金籠蟋蟀多。

一寫郊雪封城，蒼山半白，宫内緑樹碧檐，依然掩映。麗人擁貂圍爐，小娃笑侍對語，傍几添香，雖城外朔氣偃林，濃雲黯布，四野迷漫，杳無天地，而處重幄中者，了不知有此寒也。

亂于柳絮散如絲，半着梅梢半竹枝。都説鳳城圍凍樹〔二七〕，不知宫幄藹春思。

一寫月窗鸞鏡，麗娟妝成，小立花畔，雙鬟侍後，羅袂迎風，殘紅點徑。柳檐初日，斜光入幕，春藹乍暄。輕燕差池，繞簾雙影。屈指佳辰，似寒食前後耳。

十八鬟鋪髩似鴉，妝成輕暖入春紗。翩翩雙袖花叢裏，拂亂香紅數縷霞。

一寫濕雲迷樹，烟水模糊，暮雨滴池，紅蕖翻影，鸂鶒宿翠蓋間〔二八〕，尚未定也。畫閣中窗櫳四掩，綃帳雙鈎，佳人解衣欲睡，髻墮簪斜。一宫婢添香，一揎袖下簾，燈深雨重，寥落之意似此池邊矣。

屏山六曲水雲鄉，夜雨頻添甲帳凉〔二九〕。枕畔香殘眠未穩，下簾驚醒睡鴛鴦⑥。

一寫宓妃，按《賦》中語，麗人岩畔作驚鴻游龍之意。芳澤無加，瑰姿艷逸，其柔情綽態，在羅衣瑶珥之外。兩侍女羽扇夾侍，徜徉容與于洛水之曲。恍忽合離〔三〇〕，此境惟子建當年知之耳。

樹木修修幽渚清，椒塗冉冉覓芳蘅。逍遥洛水凌波戲，不比秋蒲塘上行。

一寫玉檻之前，芳樹之下，數宫姬藉地鬥草。一含情無語流盼，飛英摇風作意，趁蝶縈絲。怨輕香之如夢，惜芳事之闌珊，春愁何處，秪可問落花也。

墮地無聲住又飛，入窗着鬢綴羅衣。生憎柳絮漫天去，烟雨悠揚便不歸。

一寫畫屏深處，佳人初醒，欠身揭帳，繡被半籠，攬衣欲起。宫廊數曲，晨色曈曨，鸚鵡自語，茶聲初沸，薔薇滿架，香風馥郁，花影離離〔三一〕，拂窗入鏡，悄然春曉，非病亦堪嬌殢矣。

玉肢嬌倦翠雲頹，昨夜宜春按舞回〔三二〕。繡帳乍開知欲起，金籠鸚鵡唤茶來。

一寫楊柳四五樹于水曲，韶風淡蕩飄拂，絲絲飛絮漫天，墜地無影。麗姝藉草，襯以錦茵，小娃携管絃于側，無心品調，踟躕仰聽，蓋柳陰中有子規數聲也。

乍栖芳草乍隨風，亂點清波亂舞空。莫向御溝深處泊，漫天却蚤出層宫。

一寫初夏永晝，二佳人松下對局，一袖手有喜色，一攢眉籌算，沉吟落子。於時斷霞散彩，亂影鋪地，濤聲在空，涼風入袂。小鬟畫扇停揮，凝視微哂。日晚猶未收枰，似欲使觀者爛柯矣〔三三〕。

清晝西園競手談，枰鋪松下晚烟含。沉吟局畔忘歸去，輸却鳴璫意不甘。

一寫丹楓兩樹，夾于畫廊之外，秋風倏至，振葉鳴柯，夜静凄清，参横斗轉，美人猶挑燈兀坐，所謂「暗數殘更不成寢」也〔三四〕。

侍輦隨班出未央〔三五〕，月痕燈影伴殘妝。洞房何事秋偏近，幾樹蕭蕭隔短廊。

一寫重葉緑萼梅數樹，或倚或斜，各有思致。暗香疏影，宫妃留連，夜分尚不能去。一侍婢鋪絹素，一磨龍香劑，就花下摹之，清姿玉立，宛如初折耳。

樹樹香浮斜月移〔三六〕，寒光偏映雪英姿。徘徊不忍歸璚户，寫取孤芳第一枝。

一寫拾翠佳人〔三七〕，畫裙泥沁，繡襪香沾，倦坐石畔。一侍女曬雙鈎于窗外。斜陽餘景，浮烟似水，木蘭數樹，陣陣濃香，想明日花朝，又當結伴踏青也。

御苑尋芳晚到家⑦，紅鴛泥沁曬殘霞。涯邊記采江蘺處〔三八〕，無數輕痕印淺沙。

一寫桂樹金粟⑧，散綴蕉石數窠，風葉展颭，掩映宫窗。窗内錦屏繡帳，一侍女斜立屏側，几上銀缸半明⑨，美人鳳釵初卸，香串烟銷，薰籠倦倚，愁眉仰睇。斜月空濛，微雲縹緲，孤雁飛鳴，深宫之夜，一派秋情也。

寶妝初卸倚薰櫳，香燼慵添繡幔空。只有瑶臺歌舞月，更闌流影到深宫。

一寫麗娃臨窗刺繡，斜倚停針，恰殘日倒照木香棚上〔三九〕，微飈輕拂，搖馨篩影，滿地如雲流浪皺。芳徑雪猫自戲，高下亂撲風花耳。

金綫盤龍繡日遲，停針倦倚畫屏時。繁花落影憐清坐，映入宮羅盡折枝⑩〔四〇〕。

一寫玉砌璃臺，異色牡丹盛放，數麗人宴賞初酣，起作驚鴻之舞於氍毹上〔四一〕。花態頗解人憐，時送馨香，相和于螻蛇裊娜、回翔颯沓之中〔四二〕，此景真應天上有也。

今朝開宴向春叢，酒意初酣香氣融。傾國名花自相媚〔四三〕，露枝紅袖共迴風。

一寫宮殿迴峙，樹影稀微，平沙曲水，瀠回清泚〔四四〕。其傍蘆葦半黄，芙蓉浥露，翠鳥白鳧，參差飛集。一麗人臨流整妝，嬌容絶代，亭亭獨照，不知花痕人面誰爲上下耳。

深宮秋色無人見，隔岸芙蓉自映池。試把新妝來水際，殷勤對影問相宜〔四五〕。

一寫緑樹扶疏〔四六〕，草萱依砌，新荷點水，乳燕交飛，蓋清和之日也。佳人午睡方起，憑几燃香，慱山吐煙〔四七〕，縈鬟入袖，政是院静晝長，掩關無事時耳。

嫩荷點點泛方塘，乳燕雙雙出畫梁。長日困人絃索倦，爐煙續處有新香。

一寫林檎樹下，數麗娃坐月。一橫玉笛，一以扇按板而歌，一擁琴傾聽。繞梁之聲〔四八〕，遏雲之響〔四九〕，安翔駘蕩，從容闡緩〔五〇〕，竹肉相兼〔五一〕，餘音飄蕭〔五二〕，豈宜春小院所謂別部音聲內人耶〔五三〕？

盈盈嬌小學絲桐，指澀音乖懶再工。結伴偷來芳樹底，清吹和曲月明中。

【校】

①翠葆：蘭鈔本作「翠蓋」。

②傍舷：蘭鈔本作「傍舵」。

③底本原校者眉批：「映寫本『暮』作『晚』。」蘭鈔本「暮」作「晚」。

④宮姬：蘭鈔本作「宮娃」。

⑤雲籠：蘭鈔本作「雲環」。

⑥驚醒：蘭鈔本作「警醒」。

⑦「御」字爲底本原校者補寫，上圖本此處漫漶不清，滬鈔本此字闕，蘭鈔本作「御」。

⑧桂樹：滬鈔本作「樹桂」。

⑨半明：蘭鈔本作「半白」。

⑩此詩及後四首，存於底本及上圖本、滬鈔本，而不見於蘭鈔本。

【注】

〔一〕只作香泥委路塵：宋陸游《卜算子》：「零落成泥碾作塵，只有香如故。」

〔二〕一帶水痕香，蓮舟從此去：明王乾章《浪游集・舟行》：「風生桂楫輕，顧盼不知處。一帶水痕香，蓮舟從此去。」

〔三〕長信秋宮：長信宮，西漢宮殿名。《漢書・百官公卿表上》：「長信詹事，掌皇太后宮。景帝中六年，更名長信少府。」顏師古注引張晏曰：「以太后所居宮爲名也。」

〔四〕鳷鵲樓：司馬相如《上林賦》：「過鳷鵲，望露寒，下棠梨，息宜春。」郭璞注引張揖曰：「此四觀，武帝建元中作，在雲陽甘泉宮外。」吴均《與柳惲相贈答》之一：「日映昆明水，春生鳷鵲樓。」李白《永王東巡歌》之四：「春風試暖昭陽殿，明月還過鳷鵲樓。」

〔五〕鳳凰臺：劉向《列仙傳・蕭史》：「蕭史者，秦穆公時人也。善吹簫，能致孔雀白鶴於庭。穆公有女，字弄玉，好之。公遂以女妻焉。日教弄玉作鳳鳴。居數年，吹似鳳聲，鳳凰來止其屋。公爲作鳳臺，夫婦止其上。」

〔六〕上陽宮梅精：《梅妃傳》：「後上與妃鬥茶，顧諸王，戲曰：『此梅精也。吹白玉笛作驚鴻舞，一座光輝，鬥茶今又勝我矣。』……後竟爲太真遷於上陽東宮。」

〔七〕匡床：安適的床，一説方正的床。《商君書・畫策》：「是以人主處匡床之上，聽絲竹之聲，而天下治。」《莊子・齊物論》：「及其至於王所，與王同筐床，食芻豢，而後悔其泣也。」唐成玄英疏：「筐，正也。」

〔八〕左貴嬪：名芬，左思妹，爲晉武帝嬪妃。《晉書·左貴嬪傳》：「少好學，善綴文，名亞於思，武帝聞而納之……帝重芬詞藻，每有方物異寶，必詔爲賦頌，以是屢獲恩賜焉。」

〔九〕却勝華林逐管吹：《晉書·左貴嬪傳》：「後爲貴嬪，姿陋無寵，以才德見禮。體羸多患，常居薄室，帝每游華林，輒回輦過之。言及文義，辭對清華，左右侍聽，莫不稱美。」按華林即芳林園，三國魏避齊王芳諱，改名華林園，故址在今河南故洛陽城中。

〔一〇〕胡床：又稱交床，一種可以折疊的輕便坐具，晉武帝後流行中原。《晉書·五行志》：「泰始之後，中國相尚用胡床。」《世説新語·自新》：「淵在岸上，據胡床指麾左右。」宋程大昌《演繁露》卷一四「交床」條：「今之交床，制本自虜來，始名胡床，桓伊下馬據胡床取笛三弄是也。隋以讖有胡，改名交床。」

〔一一〕昭陽解語花：五代王仁裕《開元天寶遺事》卷下「解語花」條：「明皇秋八月，太液池有千葉白蓮數枝盛開，帝與貴戚宴賞焉。左右皆嘆羡久之，帝指貴妃示於左右曰：『争如我解語花？』」

〔一二〕長生殿裏，此夜差涼矣：王仁裕《開元天寶遺事》卷下「乞巧樓」條：「宮中以錦結成樓殿，高百尺，上可以勝數十人，陳以瓜果酒炙，設坐具，以祀牛、女二星。嬪妃各以九孔針、五色綫，向月穿之，過者爲得巧之候。動清商之曲，宴樂達旦。」

〔三〕百子池：《三輔黄圖》卷四：「百子池在宫内，高祖七月七日臨百子池，作于闐樂。」

〔四〕蟬翼：即蟬鬢。晉崔豹《古今注·雜注》：「魏文帝宫人絶所愛者，有莫瓊樹、薛夜來、田尚衣、段巧笑，四人日夕在側。瓊樹乃製蟬鬢，縹緲如蟬，故曰蟬鬢。」盛唐女性的蟬鬢，是將兩鬢頭髮向外梳掠，蓬鬆如雲，并插戴花簪於上。

〔五〕楊花：隋室姓楊，故以「楊花」指代之。《煬帝迷樓記》：「大業九年，帝將再幸江都，有迷樓宫人静夜抗歌云：『河南楊柳謝，河北李花榮。楊花飛去落何處，李花結果自然成。』」唐李益《汴河曲》：「汴水東流無限春，隋家宫闕已成塵。行人莫上長堤望，風起楊花愁殺人。」

〔六〕合歡雙果賦阿誰：《隋遺録》：「殿脚女自至廣陵，悉命備月觀行宫。由是，絳仙等亦不得親侍寢殿。有郎將自瓜州宣事迴，進合歡水果一器。帝命小黄門以一雙馳騎賜絳仙，遇馬急，摇解。絳仙拜賜私恩，附紅箋小簡上進曰：『驛騎傳雙果，君王寵念深。寧知辭帝里，無復合歡心。』帝省章，不悦，顧黄門曰：『絳仙如何？何來辭怨之深也。』黄門懼，拜而言曰：『適走馬，摇動。及月觀，果已離解，不復連理。』帝意不解。」

〔七〕偏帶昭陽歌吹還：王昌齡《長信秋詞》：「玉顔不及寒鴉色，猶帶昭陽日影來。」

〔八〕晻晻：日無光貌。《楚辭》卷一六劉向《九嘆·惜賢》：「孰契契而委棟兮，日晻晻而下頹。」洪興祖補注：「晻音奄，日無光也。」《古詩爲焦仲卿妻作》：「晻晻日欲暝，愁思出門啼。」

〔九〕仇實父：仇英。

〔一〇〕罥：懸掛。杜甫《茅屋爲秋風所破歌》：「茅飛渡江灑江郊，高者掛罥長林梢，下者飄轉沈塘坳。」

〔一一〕秦臺：即鳳凰臺，見前「鳳凰臺」注。

〔一二〕蒼梧斑竹枝：《山海經·海内經》：「南方蒼梧之丘，蒼梧之淵，其中有九嶷山，舜之所葬，在長沙零陵界中。」郭璞注：「其山九溪皆相似，故云『九疑』，古者總名其地爲蒼梧也。」張華《博物志·史補》：「堯之二女，舜之二妃，曰湘夫人，舜崩，二妃啼，以涕揮竹，竹盡斑。」

〔一三〕華清：華清宮。唐李吉甫《元和郡縣志》卷一：「華清宮在驪山上。開元十一年初，置温泉宮。天寶六年，改爲華清宮。又造長生殿及集靈臺，以祀神。」

〔一四〕隱隱車聲過別宮：《晉書·胡貴嬪傳》：「時帝多内寵，平吴之後，復納孫皓宮人數千，自此掖庭殆將萬人，而并寵者甚衆。帝莫知所適，常乘羊車，恣其所之，至便宴寢。」明朱誠泳《小鳴稿》卷一《宮怨》其二：「忽聞墻外羊車過，却恨君王過別宮。」

〔一五〕猧兒：小狗。唐王涯《宮詞》其十三：「白雪猧兒拂地行，慣眠紅毯不曾驚。」

〔一六〕捉蟋蟀：王仁裕《開元天寶遺事》卷上「金籠蟋蟀」條：「每至秋時，宮中妃妾輩，皆以小金籠捉蟋蟀閉於籠中，置之枕函畔，夜聽其聲。庶民之家皆效之也。」

〔一七〕鳳城：京城。杜甫《夜》：「步檐倚杖看牛斗，銀漢遥應接鳳城。」清仇兆鼇《杜詩詳注》引趙次公注：「秦穆公女吹簫，鳳降其城，因號丹鳳城。其後言京城曰鳳城。」

〔二八〕鸂鶒：「鶒」亦作「鵡」「鷘」，俗稱紫鴛鴦。《集韵・職韵》：「鷘，鸂鷘，水鳥，毛有五色。」宋王質《林泉結契》卷二：「身雜色，雌者白毛間黑花，如鴨而小，尾有毛，如船柁。夜停岩穴深栖，聲清急。」

〔二九〕甲帳：《北堂書鈔》卷一三二引《漢武帝故事》云：「上以琉璃珠玉、明月夜光雜錯天下珍寶爲甲帳，次爲乙帳。甲以居神，乙以自居。」

〔三〇〕恍忽合離：曹植《洛神賦》：「於是洛靈感焉，徙倚彷徨，神光離合，乍陰乍陽。」

〔三一〕離離：濃密貌。曹操《塘上行》：「蒲生我池中，其葉何離離。」

〔三二〕宜春：司馬相如《上林賦》：「歷石闕，歷封巒，過鳷鵲，望露寒，下棠梨，息宜春。」郭璞注：「宜春，宫名，在渭南杜縣東。」《漢書・東方朔傳》：「初，建元三年，微行始出，北至池陽，西至黃山，南獵長楊，東游宜春。」顔師古注：「宜春宫也，在長安城東南。說者乃以爲在鄠，非也。在鄠者，自是宜春觀耳，在長安城西，豈得言東游也？」

〔三三〕爛柯：南朝梁任昉《述異記》卷上：「信安郡石室山，晉時王質伐木，至，見童子數人棋而歌，質因聽之。童子以一物與質，如棗核，質含之，不覺飢。俄頃，童子謂曰：『何不去？』質起，視斧柯盡爛，既歸，無復時人。」

〔三四〕暗數殘更不成寢：唐劉瑶《古意曲》：「梧桐階下月團團，洞房如水秋夜闌。吴刀剪破機頭錦，茱萸花墜相思枕。緑窗寂寞背燈時，暗數寒更不成寢。」

〔三五〕未央：未央宮，故址在今長安故城内西南隅。漢高祖七年建，常爲朝見之處。新莽末毁。東漢末董卓復葺未央殿。唐未央宮在禁苑中，至唐末毁。《史記·高祖本紀》：「蕭丞相營作未央宮，立東闕、北闕、前殿、武庫、太倉。」班固《西都賦》：「輦路經營，修除飛閣，自未央而連桂宫，北彌明光而亘長樂。」

〔三六〕樹樹香浮斜月移：北宋林逋《山園小梅》：「疏影横斜水清淺，暗香浮動月黄昏。」

〔三七〕拾翠佳人：曹植《洛神賦》：「或采明珠，或拾翠羽。」謂拾取翠鳥羽毛作爲首飾，後指女子游春。南朝梁費昶《春郊見美人》：「芳郊拾翠人，迴袖捲芳春。」杜甫《秋興八首》：「佳人拾翠春相問，仙侣同舟晚更移。」

〔三八〕江蘺：又名江離，一名蘼蕪。《楚辭·離騷》：「扈江離與辟芷兮，紉秋蘭以爲佩。」王逸注：「江離、芷，皆香草名」。

〔三九〕木香棚：花架。明文震亨《長物志》卷二「薔薇木香」條：「嘗見人家園林中，必以竹爲屏，牽五色薔薇於上，架木爲軒，名木香棚。」

〔四〇〕折枝：花卉畫法之一，不畫全株，只畫連枝折下來的部分。唐韓偓《已凉》：「碧闌干外繡簾垂，猩血屏風畫折枝。」舊題宋僧仲仁《華光梅譜·取象》：「其法有偃仰枝、覆枝、從枝、分枝、折枝。」

〔四一〕氍毺：同「氍毹」，一種毛織或毛與其他材料混合織成的毯子。《樂府詩集·相和歌辭十二・隴西行》：「請客北堂上，坐客氈氍毹。」

〔四二〕蜲蛇：即「委蛇」，亦作「逶迤」，形容舞姿屈曲柔美貌。《文選》卷一七傅毅《舞賦》「蜲蛇姌裊」李善注：「《説文》曰：『委蛇，邪行去也。』……『蜲』與『逶』同。」裊娜：摇曳貌。杜甫《桔柏渡》：「連笮動裊娜，征衣颯飄飖。」颯沓：《文選》卷一四鮑照《舞鶴賦》：「颯沓矜顧，遷延遲暮。」李善注：「颯沓，群飛貌。」

〔四三〕傾國名花自相媚：李白《清平調》：「名花傾國兩相歡，長得君王帶笑看。」

〔四四〕瀯：水迴旋貌。通作「縈」。泚，《詩・邶風・新臺》：「新臺有泚，河水瀰瀰。」毛傳：「泚，鮮明貌。」

〔四五〕殷勤對影問相宜：唐朱慶餘《上張水部》：「妝罷低聲問夫婿，畫眉深淺入時無。」

〔四六〕扶疏：聯綿詞，枝葉繁茂分披貌。

〔四七〕愽山：即博山爐。葛洪《西京雜記》卷一：「長安巧工丁緩者……又作九層博山香爐，鏤爲奇禽怪獸，窮諸靈異，皆自然運動。」

〔四八〕繞梁之聲：《列子・湯問》：「秦青顧謂其友曰：『昔韓娥東之齊，匱糧，過雍門，鬻歌假食。既去，而餘音繞梁欐，三日不絶，左右以其人弗去。』」

〔四九〕遏雲之響：《列子・湯問》：「薛譚學謳于秦青，未窮青之技，自謂盡之，遂辭歸。秦青弗止。餞於郊衢，撫節悲歌，聲振林木，響遏行雲。薛譚乃謝求反，終身不敢言歸。」

〔五〇〕安翔駘蕩，從容闡緩：《文選》卷一八馬融《長笛賦》：「安翔駘蕩，從容闡緩。」李善注：「駘蕩，安翔貌。」呂延濟注：「皆聲初發，或起或伏，寬容閑緩貌。」

〔五一〕竹肉相兼：《世説新語・識鑒》「武昌孟嘉作庾太尉州從事」條劉孝標注引《嘉別傳》：「又問：『聽伎，絲不如竹，竹不如肉，何也？』答曰：『漸近自然。』」

〔五二〕飄蕭：飛揚貌。白居易《小童薛陽陶吹觱篥歌》：「下聲乍墜石沉重，高聲忽舉雲飄蕭。」

〔五三〕別部音聲内人：唐崔令欽《教坊記》：「妓女入宜春院，謂之『内人』，亦曰『前頭人』，常在上前頭也。」袁郊《甘澤謡・許雲封》：「梨園法部置小部音聲，凡三十餘人，皆十五以下。天寶十四載六月一日，侍驪山駐蹕，是貴妃誕辰。上命小部音聲集長生殿，仍奏新曲，未有名，會嶺南進荔枝，因以曲名《荔枝香》。」《新唐書・禮樂志》所述同上。按史無「別部音聲内人」，撰之詩中「盈盈嬌小學絲桐」，言年幼宫人事，正合《許雲封》「皆十五以下」。疑底本誤，「別部」當作「小部」。

山居雜咏

小引

余家居蘭、浦之間，溪山深秀，壑樹窅幽，既車馬迹所不到，而村人多朴野，自治田外，無所事事，里中或稱小桃源云。歲在未、申〔一〕，東、義烽警相接〔二〕，余避地歸。而侄女宜子亦於上元過探，與吾嫂氏暨二三女伴選勝，盡日盤桓山徑中。於時殘雪凝巒，梅馨初逗，竹聲戛玉，澗溜鳴琴，野况撩人，清思可掬。宜子曰：「是可圖也。」乃翦素，索余作仕女數十幀，以爲真色難生，丹青易寫，而余亦作天際真人想。既卒業，爲一粲曰：「祇能繪出東鄰，如西子何？」餘意未已，復擬即景分題，爲佳山水寫照，未果。已而宜子下世，不任人琴之痛。雖胸臆間山光水色、月痕樹影歷歷宛在，而幽事不復可得。戊戌春，焚薙小軒閲大癡老人《秋山圖》，偶憶前語，乃濡禿毫，追紀其意，得百四十餘絶，蓋皆家山野寂之景，聊攄俯仰今昔之懷，存幽居故事，與樵歌牧唱相和于雲深水流之外，不敢自以爲詩也。時己亥春初凝香閣主人書。

【注】

〔一〕歲在未、申：指明崇禎十六年至十七年（一六四三—一六四四）。崇禎十六年爲癸未年，十七年爲甲申年，故云。

〔二〕東、義烽警相接：事見《（道光）東陽縣志》卷一二《政治志·治亂》。崇禎十五年十一月，東陽諸生許都起事，號白頭軍，陷浦江、義烏，趨金華，爲紹興府推官陳子龍勸降。崇禎十六年，許都伏誅。崇禎十七年八月，浙江巡撫左光先報許都餘黨復亂。時婺郡騷然，兩浙洶洶。參清計六奇《明季南略》卷二《許都餘黨復亂》。

山居雜咏

山居四時雜咏

春

彩勝簪新致〔一〕，椒花獻頌工。探鈎傳柏酒〔二〕，奏節入梅風〔三〕。

簫鼓鬧闐闐〔四〕，迎神禳稔歲〔五〕。星橋映水行，蜿蜿游龍濟。

立春恰人日〔六〕，沿村送土牛〔七〕。占豐群慰賀，沉醉發清謳。

燒燈正上元〔八〕，月下紅妝繞。碧玉雖小家，纖腰偏裊裊。

寒浦微光淡，燒痕青意回。水亭凝眺處，猶自有殘梅。

幽蘭自馥郁，伴石侶修竹。不以無人芳，翛然寄深谷。

風日菜花天，尋芳到水邊。采芹分勝負〔九〕，賭取翠雲鈿。

櫻桃斜映窗，欲折鈎頻惹。花底恣優游，停針記春社。

登山玩落照，徙倚撫孤松。僻境人聲寂，風迴水激春。

游絲繞芳樹，欲罥飛花住。花意解隨空，飄揚入煙雨。

芳時寒食近，風雨鵓鴣知。只恐春晴少，祈蠶到古祠〔一〇〕。

翠岩經潤瀡〔一〕，結就石上耳〔二〕。聊取薦新餐，清香忽盈齒。

照影雙飛燕，新來補舊居。芹塘泥最淤，慎莫墮琴書。

墻邊杏飄紅，檐外李能白。遲日困人天，催耕教深碧①。

丁丁誰伐木，聲乃透荆關。出見肩雲叟，山花插擔還。

閑情立芳洲，一望萍皆緑。渾渾野水中，泛泛雙鳬浴〔三〕。

嵐光含淺黛，細雨颺輕絲。仄路人紛往，凄凄拜掃時。

良辰三月三〔四〕，偶看兒童樂。心亦逐風箏，扶摇上碧落。

溪聲風約住，橋影遠浮空。隱隱垂楊裏，漁蓑一釣翁。

靄靄嵐氣收，瀟瀟過雨歇。極樂水梭花〔一五〕，方塘泳明月。

雀啄林花亂，蜂粘落絮來。草堂芳晝暇，按譜菊分栽。

去歲花發遲，今年春色早。紅歸弱女桃〔一六〕，碧入王孫草〔一七〕。

久雨新開霽，殘流隔柳堤。山痕同水影，并送小樓西。

春晴縱步游，隴麥初翻浪。鬥草坐芳林，飛花着鬢上。

深山最寥闃〔一八〕，茅屋只鄰雲。誰奏笙簧響，蕭蕭是此君。

相携爲象戲，松下堪箕踞〔一九〕。石磴欲鋪枰，苔花拂不去。

踏青憩暖徑，堤畔柳毵毵〔二〇〕。慵聽鶯歌曲，歸來且浴蠶〔二一〕。

梨葉展嫩紅，梨花正飄雪。獨把雲芽新[二二]，啜賞山中絶。

細草飛花地，輕煙返照樓。登臨何限意，春水恰東流。

柳塘蛙閣閣，花塢蝶飛飛。窈窕桑間子，提籠陌上歸[二三]。

盈畝秧針緑，鑽階笋筆斑。田家饒景物，春自滿溪山。

四面粉西施[二四]，自堪金屋匹[二五]。山齋却盈盈，未出苧蘿日[二六]。

春雲漠漠陰，春鳥聲聲度。酌酒對春花，惜花是春暮。

菌茁甘柔美，梅丸苦味餘。新蔬共殊品，取次獻山居。

墻陰犢初息，田事漸成勞。桑柘枝纔盡，關心又繭繅。

紅藥恰翻階，露氣曉如沐。山雨忽欲來，新香時斷續。

九十春將去，一番花信齊。落英如夢裏，冉冉到棠梨。

掃石憐花片，編籬護箬[illegible]。一樽煙墅外，惆悵餞歸春。

【校】

①底本原校者眉批：「映寫本『教』作『叫』。」

【注】

〔一〕彩勝：勝，婦女頭飾。南北朝宗懍《荆楚歲時記》：「正月七日爲人日。以七種菜爲羹，剪彩爲人，或鏤金薄爲人，以貼屏風，亦戴之頭鬢。又造華勝以相遺。」杜公瞻注：「華勝，起於晉代，見賈充李夫人《典戒》，云：『像瑞圖金勝之形，又取像西王母戴勝也。』」

〔二〕探鈎：一種類似於拈鬮、抽籤的游戲。柏酒：即柏葉酒。東漢應劭《漢官儀》卷下：「正旦，飲柏葉酒，上壽。」

〔三〕探鈎傳柏酒，奏節入梅風：唐杜審言《守歲侍宴應制》：「彈弦奏節梅風入，對局探鈎柏酒傳。」

〔四〕闐闐：鼓聲。《詩·小雅·采芑》：「伐鼓淵淵，振旅闐闐。」《楚辭·九辯》：「屬雷師之闐闐兮，通飛廉之衙衙。」洪興祖補注：「闐，音田，鼓聲。」

〔五〕迎神禳稔歲：《（嘉慶）義烏縣志》卷七《風俗》：「春秋二社，各村保備牲醴，祀土穀神，以祈以報，祭畢飲福歸。」

〔六〕人日：在農曆正月初七。宗懔《荊楚歲時記》：「正月七日爲人日。」

〔七〕土牛：《禮記·月令》：「（季冬之月）命有司大難，旁磔，出土牛，以送寒氣。」鄭玄注：「出，猶作也。作土牛者，丑爲牛，牛可牽止也。」《（崇禎）義烏縣志》卷三：「立春前期一日，邑宰率僚屬迎春於東郊，舁土牛、芒神，置諸縣治。清晨，禮太歲，行鞭春禮，碎土牛，以送寒氣，使民知耕焉。」

〔八〕燒燈正上元：《（崇禎）浦江縣志》卷一《歲時》：「元宵：先三四日市民各懸燈于門首，競技巧以争勝。村鄉作橋燈，雕龍頭尾，中以小燈燃絳蠟，連屬長者至數百丈。鼓吹而迎，三五夕而止。」《（崇禎）義烏縣志》卷三《歲時》：「元宵自十三日夜四街各設竹棚彩障，懸燈其上。祠廟皆盛張燈，游觀達曙。或以火藥爲錦樹之戲。至十八日乃止。」《（光緒）浦江縣志》卷三《歲時》：「正月自六日至十五日，謂之燈節，夜夜迎燈，名狀不一。」

〔九〕采芹分勝負：鬥草游戲。宗懔《荊楚歲時記》：「五月五日，謂之浴蘭節。荊楚人并蹋百草。又有鬥百草之戲。」

〔一〇〕祈蠶：祈禱蠶桑豐收。田汝成《西湖游覽志》卷一〇《北山勝迹》：「山半有馬明王廟，春月祈蠶者咸往焉。」

〔一一〕瀡：《玉篇》：「瀡，息觜切，滑也。」

〔一二〕石上耳：《吕氏春秋·孝行覽》：「江浦之橘，雲夢之柚，漢上石耳。」高誘注：「石耳，菜名也。」王質《林泉結契》：「石耳色面黑背紫，柔薄，生深岩危壁，與木耳、地耳皆珍。」

〔一三〕泛泛：漂浮貌。

〔一四〕三月三：上巳日，古有臨水洗滌塵垢，祓除不祥的習俗。

〔一五〕水梭花：魚的隱稱。

〔一六〕弱女桃：「弱女」謂少女。《詩·周南·桃夭》以「桃之夭夭」起興，言少女出嫁事，亦有藉桃之花、實、葉比喻少女之意，故此云「弱女桃」。

〔一七〕王孫草：淮南小山《招隱士》：「王孙游兮不归，春草生兮萋萋。」

〔一八〕寥闃：杜甫《夜聽許十損誦詩愛而有作》：「君意人莫知，人間夜寥闃。」

〔一九〕箕踞：隨意席地而坐。《莊子·至樂》：「莊子妻死，惠子弔之，莊子則方箕踞鼓盆而歌。」成玄英疏：「箕踞者，垂兩脚如簸箕形也。」

〔二〇〕毿毿：垂拂紛披貌。

〔二一〕浴蠶：浸洗蠶子，育蠶選種的方法。

〔三〕雲芽：茶葉之一種。唐陳子昂《卧病家園》：「還丹奔日御，却老餌雲芽。」

〔三〕窈窕桑間子，提籠陌上歸：化用漢樂府《陌上桑》詩意：「羅敷善蠶桑，采桑城南隅。青絲爲籠係，桂枝爲籠鈎。」

〔四〕四面粉西施：此詩末尾有底本原校者按語：「粉色牡丹一種，名四面粉西施。」

〔五〕金屋：用漢武帝金屋藏嬌故事。《初學記》卷一〇《中宮部》引《漢武故事》：「帝爲膠東王，年數歲，長公主指問曰：『兒欲得婦不？』曰：『欲得。』指女阿嬌：『好不？』笑曰：『若得阿嬌，當作金屋貯之。』」

〔六〕苧蘿：東漢趙曄《吴越春秋·勾踐陰謀外傳》：「乃使相者國中，得苧蘿山鬻薪之女，曰西施、鄭旦。」

夏

清和新緑時，碧沼荷錢小。階下睡酴醿〔一〕，看看花事了。

野曠煙雲渺，環廬竹樹清。春光歸已久，尚有子規聲。

雨陣翻榆莢，沙痕漲草堤。蝃蝀猶隱隱〔二〕，殘照隔林西。

午後睡初足，携笻玩小園。緑叢新脱笋，黄蕾半開萱。

新絲少女成，機杼云欲就。擬製絳羅裙，端陽看龍鬥〔三〕。

田家事正忙，刈麥又耘秧。驅犢向山麓，分流入野塘。

檐前乳燕飛，墻角葵榴放。永晝須自銷，灌花斟淺釀。

環窗恰種蕉，玩帖意翛翛。捉管因乘興，淋漓葉上飄。

白鷺過茂林，歸僮牛背唱。殘陽猶在山，紫緑千萬狀。

槐蔭翠重重，池光漾碧溶。憑欄閑俯看，水底有雲峰。

風雨熟梅天，山迷草色連。溪添數尺水，林積幾叢煙。

單紗初可體，紈箑正當時。小院纖塵絶，爐香裊若絲。

薝蔔盈枝玉〔四〕，枇杷滿樹金。午陰清坐榻，人意静俱深。

蕤賓五月五〔五〕，佩符結彩縷〔六〕。懷古諷《九歌》，飄飄神靈雨。

葉光迷翡翠，巒影映玻璃。水閣風多處，閑敲一局棋。

灘聲沸遠濤，獨坐傍林臯。自有枝頭李，何求海上桃〔七〕。

夏果首楊梅，咀之暢人意。太真或未嘗，徒爾嗜朱荔〔八〕。

餅餌歡新造，香微色細匀。并携鷄黍酒，南場賽農神〔九〕。

霖雨潤琴絲，熇蒸催芳蒨〔一〇〕。忽然香氣浮，菡萏波心見。
桐陰鋪竹簟，戲參結夏禪。未入無生悟，聊爲度小年。
炎炎畏三伏，恰際六月六〔一一〕。曬此一床書，古香清篠屋。
草閣臨溪水，幽人日倚闌。吟情與凉意，盡屬釣魚竿。
我愛夏景佳，不被炎威苦。消寂奏蟬琴，納凉具蛙鼓。
亭午火雲炙，碧瓜香味濃。沁心如沃雪，壺冰未足供。
平疇禾黍遍，處處桔槔聲。但覓鳴鳩信〔一二〕，滂沱早暮傾。
蓮花發遠香。蓮心苦未吐。蓮梗又連絲，蓮情滿清浦。

竹影碎方床，新蟾照晚凉。依稀珊枕畔，茉莉遞芬香。

雙鬟三五人，齊唱拜新月〔三〕。願月得長圓，願風吹不歇。

甘雨滌煩心，欣聞畦水深。始知點滴處，乃是布黄金。

覓凉向荷渚，藉草挹清泉。雅況饒寥寂，倩誰歌采蓮。

深樹隱還現，歸雲斷復連。江鄉長寂寞，自得静中緣。

避暑棲幽境，閑游過墅東。斷霞收未盡，凉起竹聲中。

【注】

〔一〕酴醿：本酒名，以花顔色似之，故取爲花名。亦作「荼蘼」，係薔薇科攀援灌木，其花春末夏初開，爲群芳之最後。

〔二〕蝃蝀：彩虹。《詩·鄘風·蝃蝀》：「蝃蝀在東，莫之敢指。」毛傳：「蝃蝀，虹也。」

〔三〕龍鬥：賽龍舟。

〔四〕薝蔔：梔子花。

〔五〕蕤賓：《禮記·月令》：「仲夏之月……其音徵，律中蕤賓。」鄭玄注：「蕤賓者，應鐘之所生，三分益一，律長六寸八十一分寸之二十六。仲夏氣至，則蕤賓之律應。」《國語·周語下》：「四曰蕤賓。」韋昭注：「五月曰蕤賓。」陶潛《和胡西曹示顧賊曹》：「蕤賓五月中，清朝起南颸。不駛亦不遲，飄飄吹我衣。」

〔六〕佩符結彩縷：宗懔《荆楚歲時記》：「以五彩絲繫臂，名曰辟兵，令人不病瘟。又有條達等織組雜物，以相贈遺。」《（光緒）浦江縣志》卷三《歲時》：「五月五日，……佩赤靈符以辟邪，女子以繭作虎，小兒則彩繩繫臂，綴繡符，簪艾葉，謂可消灾。」《（崇禎）義烏縣志》卷三《歲時》：「端午，取菖蒲及艾插門户，或繫以彩勝佩於身，爲衣香置之篋笥。」

〔七〕海上桃：《漢武故事》：「因指朔謂上曰：『王母種桃，三千年一作子。此兒不良，已三過偷之矣，遂失王母意，故被謫來此。』」《史記·封禪書》：「臣嘗游海上，見安期生，安期生食巨棗，大如瓜。」

〔八〕太真或未嘗，徒爾嗜朱荔：北宋樂史《楊太真外傳》：「妃子既生於蜀，嗜荔枝。南海荔枝，勝於蜀者，故每歲馳驛以進。然方暑熱而熟，經宿則無味。後人不能知也。」杜牧《過華清宮》：「一騎紅塵妃子笑，無人知是荔枝來。」

〔九〕賽：敬神祈福的活動。《韓非子・外儲説右下》：「秦襄王病，百姓爲之禱。病愈，殺牛塞禱。」清王先慎注：「塞、賽義同。《史記・封禪書》『冬賽』索隱：『賽謂報神福也。』」

〔一〇〕熇蒸：天氣燠熱。柳宗元《先太夫人河東縣太君歸祔志》：「炎暑熇蒸，其下卑濕，非所以養也。」芳蒨：指青葱的草木。

〔一一〕六月六：明沈德符《萬曆野獲編》卷二四《風俗》「六月六日」條：「六月六日，本非令節，但内府皇史宬曬曝列聖實録、列聖御製文集諸大函，則每歲故事也。」《（光緒）浦江縣志》卷三《歲時》：「六月六日，農家復祀穀神，謂之六六福。是日曬書籍及衣冠。」

〔一二〕鳩：三國吴陸璣《毛詩草木鳥獸蟲魚疏》：「鵓鳩，灰色，無繡項，陰則屏逐其匹，晴則呼之。語曰『天將雨，鳩逐婦』是也。」

〔一三〕齊唱拜新月：唐吉中孚妻張氏《拜新月》：「拜新月，拜月出堂前。暗魄深籠桂，虚弓未引弦。拜新月，拜月妝樓上。鸞鏡未安臺，蛾眉已相向。拜新月，拜月不勝情，庭前風露清。月臨人自老，望月更長生。東家阿母亦拜月，一拜一悲聲斷絶。昔年拜月逞容儀，如今拜月雙泪垂。回看衆女拜新月，却憶紅閨年少時。」

秋

斗杓又西指〔一〕，四野稻香風。似減半分暑，真虧一葉桐〔二〕。

農人事正樂，萬寶在初穫。相語一餐餘，輸官免横索。

初月尚朦朧，晚颸生薙篳〔三〕。扇影動飛螢，星星驚亂颭。

歲歲穿針夕，家家感女牛。蛛絲罥瓜果，何巧倩人收。

蘭臯爽氣新，鷗渚晴光遠。小艇采江菱，還歌菱女怨。

嬌癡有小妹，針綫停偏早。爲愛指纖紅，鳳花庭下擣〔四〕。

蘋花雖漸老，楊柳尚低迷。野館人清晏，歌聲和鳥啼。

冰瓷插藕花，冰盤供新藕。藕味清透心，藕絲縈在口。

木棉已結蕾，菽種亦生苗。芋壟泥須壅，瓜畦水旋澆。

齋日中元節〔五〕，盂蘭佛供新。妙香深夜祝，燈影散河津〔六〕。

鷄鳴風雨消〔七〕，春急擬來朝。蓐食趁晴往〔八〕，樵青帶濕燒。

石甃苔鋪繡，嬌花媚素秋。月痕偏有意，籠艷欲同浮。

雲連山色遠，煙共日光曛。短笛僮歸牧，嗚嗚隔隴聞。

玉簪浥露芳〔九〕，金錢向夜落〔一〇〕。珍異富山家，勝有楊州鶴〔一一〕。

白露方剥棗，黄粱入夜礱。園畦猶未治，明日記栽菘。

露清蛩語切，風重水漪生。閑繞池邊樹，初鴻天外聲。

芭蕉偏繞院，葉葉展秋聲。兼值宵凉雨，窗西滴滴清。

臨高萬境開，寫景莫遲徊。潑墨淋漓處，瀟湘煙雨來。
錦色圍珠影，靈華炫水晶。姮娥昨何往，此夕放雲英〔二〕。
曲沼芙蓉秀，虛堂桂粟盈。連宵明月裏，種種是秋情。
銀蟾匝井梧，金風破殘暑。流光自催人，張燈向機杼。
宵清神自寂，句就月方横。不必蓮花漏，喧憑鳥報更。
青箱已芃芃〔三〕，采服能明目。携筐過小溪，斜影映澄淥。
日落暮山紫，排空雁陣飛。征書那可得，一點寄情歸。
携琴就石彈，蘿月山花對。轉軫更調心〔四〕，天風響環珮。

桑麻堪壅護，禾黍已全收。荷鋤理舊町，筐麥逐行投。

新霜釀曉寒，倏忽來重九。燈下縫越羅，明朝飲萸酒。

蒼山開罨畫〔一五〕，白水映蒹葭。紅蓼灘頭上，漁人來捕蝦。

砧驚幽夢迴，月伴殘機皎。一夜瑣窗前，漢宫秋色老〔一六〕。

投椒烹紫蟹，沸水煮黄鷄。却向東籬菊，銜觴日影低。

夭矯兩枯松，依稀數鴉影。何處記曾游，彷彿雲林景。

一片煙蘿處，秋深點染加。寧知霜後葉，絶勝武陵花。

行行碧山隈，記留聽鳥步。不見當日人，空對扶疏樹〔一七〕。

挈伴訪黄花，溪深曲徑賒。倦臨流水次，斷靄送孤鴉。

空林落葉聲，小犬頻驚吠。誤想故人來，柴門開復閉。

【注】

〔一〕斗杓又西指：斗，北斗星。《鶡冠子·環流》：「斗柄東指，天下皆春；斗柄南指，天下皆夏；斗柄西指，天下皆秋；斗柄北指，天下皆冬。」

〔二〕真虧一葉桐：《淮南子·説山訓》：「以小明大，見一葉落，而知歲之將暮；睹瓶中之冰，而知天下之寒。」

〔三〕薤簟：纹理细密的竹席。劉禹錫《送蘄州李郎中赴任》：「薤葉照人呈夏簟，松花滿碗試新茶。」

〔四〕爲愛指纖紅，鳳花庭下搗：宋末元初周密《癸辛雜識續集》卷上《金鳳染甲》：「鳳仙花紅者，用葉擣碎，入明礬少許在内。先洗净指甲，然後以此付甲上，用片帛纏定，過夜。初染色淡，連染三五次，其色若胭脂，洗滌不去，可經旬，直至退甲，方漸去之。」

〔五〕中元節：七月半，俗稱鬼節，佛教稱盂蘭盆節。《（崇禎）浦江縣志》卷一《歲時》：「中元節：民各具素饌以祀其先，蓋釋氏之盂蘭盆供也。」《（崇禎）義烏縣志》卷三《歲時》：「中元，各家以牲醴羹飯祀其先。緇黄之流誦經供佛，謂之蘭盆會。」

〔六〕燈影散河津：田汝成《西湖游覽志餘》卷二〇《熙朝樂事》：「七月十五日，俗傳爲中元節，地官赦罪之辰。人家多持齋誦經，薦奠祖考，攝孤判斛，屠門罷市，僧家建盂蘭盆會，放燈西湖及塔上、河中，謂之照冥。官府亦祭郡厲、邑厲壇。」《（雍正）浙江通志》卷一〇〇《風俗・金華府》引《金華府志》：「中元，素食祀先。僧舍作盂蘭盆會，或放水燈，爛若列星。」

〔七〕鷄鳴風雨消：《詩・鄭風・風雨》：「風雨如晦，鷄鳴不已。」

〔八〕蓐食：早晨未起床，在床上用餐，意爲早起。《左傳・文公七年》：「訓卒，厲兵，秣馬，蓐食，潛師夜起。」

〔九〕玉簪：玉簪花。

〔一〇〕金錢：金錢花，一名子午花。

〔一一〕楊州鶴：應作「揚州鶴」。南朝梁殷芸《小説》：「有客相從，各言所志，或願爲揚州刺史，或願多貲財，或願騎鶴上升。其一人曰：『腰纏十萬貫，騎鶴上揚州。』欲兼三者。」

〔一二〕此下底本原校者有按語「乙未八月十七夜月華」。

〔一三〕青葙：一名野鷄冠。一年生草本植物，夏秋之間開花，花色淡紅，可供觀賞。種子叫青葙子，可入藥，有祛風熱，清肝火，明目等作用。芃芃：茂盛貌。

〔一四〕轉軫更調心：軫，琴上調弦的小柱。《韓詩外傳》卷一：「（孔子）抽琴去其軫，以授子貢，曰：『善爲之辭，以觀其語。』子貢曰：『嚮子之言，穆如清風，不悖我語，和暢我心。於此有琴而無軫，願借子以調其音。』婦人對曰：『吾野鄙之人也，僻陋而無心，五音不知，安能調琴。』」

〔一五〕罨畫：色彩鮮明的繪畫，用以形容景物的艷麗多姿。

〔一六〕漢宫秋色：花名，即剪秋羅。明王象晉《群芳譜·花譜四·剪秋羅》：「一名漢宫秋色，深紅花瓣分數歧，尖峭可愛，八月間開。」按「老」字下底本原校者有按語「老少年，一名漢宫秋」，誤。老少年又名雁來紅，即紅莧。

〔一七〕此下底本原校者有按語「憶宜子寄和余詩有『林邊聽鳥俟他年』之句，感而賦此」。

冬

不意初冬景，偏妝山崦家。晚來烏桕樹，近遠絢流霞。

傲霜剩盆菊，宿雨泛流溝。殘日疏籬上，蓑衣曬不收。

蕭蕭落木時，嬌女笑相接。雙鈎印香泥，砌下拾紅葉。

森森數古柏，夾在短廊西。偶看霜中月，婆娑細影披。

狂飆掃空谷，蕭條難寓目。賴得小園林，橙黄橘柚緑。

摵摵井上桐〔一〕，慣飄明月中。瑟瑟疏櫺紙，寒聲振窗裏。

冬來韵事足，釭面新蒭熟①。衰草刈爲薪，菊英乾可服。

林葉正凋落，螻蛄猶夕鳴〔二〕。更長未成寐，風送遠鐘聲。

種菽日尚長，采菽寒已促。未宜貯瓻罍，掛曝檐傍木。

衆妙集幽壑，天然隱者莊。藤蘿環竹塢，薜荔綴泥墻。

溪迴路更迂，地偏心復窅。乘曉破霜天，洞簫吹裊裊。

三時農務畢，濁酒互勞傾。相約出深淤，凍解沃春耕。

幽栖清况多，佳味無逾此。窮山啖雪腴〔三〕，流匙滑雲子〔四〕。

凍浦微流出，涓涓荒草間。侵蹊還入港，橋外作潺湲。

空野寒聲寂，雲凝水不流。偏宜殘醉後，嘯倚暮山樓。

隆冬簡朱橘，重玩右軍章。封題三百顆，爲得洞庭霜〔五〕。

盆梅放一花，春已到山家。寄語南枝信，休將嶺上誇〔六〕。

重陰翳原野，肅肅霜露凝。石几設清供，凌波能負冰〔七〕。

隴梅有消息，漸欲放香痕。臨訪春前信，風雨竟黄昏。

抱膝絶塵想，斗室自徘徊。開窗山月到，捲幔野雲迴。

危嶺風威重，疏林暮靄遮。雁排四五字，梅放兩三花。

着地雲催雪，煙空水亦無。迷離望中意，一派米家圖〔八〕。

策杖向雲岫，尋梅開未開。披榛猶不見，時有暗香來。

漏永香篝冷，澄昏雪檻明。蕭蕭還簌簌，聽盡竹邊聲。

衆卉久凋落，山茶一吐芳。那知寥寞處，對此即春陽。

古木斂寒煙，陰崖掛飛瀑。絶境迴難蹤，相過有麋鹿。

風切庭扉閉，無人玩月華。素娥何所賴，只是伴梅花。

巃嵸雪内山〔九〕，玉晃璚明在。約略形影間，微露文君黛。

素艷横青嶂，紅英照碧流。月明香境坐，非夢有羅浮。

老樹畫難成，槎枒出煙嶠。時見寒雲來，點染作姿妙。

寒宵風力勁，飛雪漸堆堆。開户渾疑月，凝枝恰似梅。

幽人行雪徑，耐却寒山勝。村店屬野梅，疏香不堪贈〔一〇〕。

雲塢日初沉，寒生松檜林。歸鳥去何急，肅肅作哀音。

朔風太凛冽，催雪開梅縝〔一一〕。雪晴月恰明，梅馨供雪月。

殘臘同雲幂，孤村日暮時。紅爐煨緑酒〔一二〕，子夜有冬詞〔一三〕。

遠嶼梅俱放，平林雪未消。沉吟驢背客，詩思在溪橋。

雪中忽見月，月光雪映發。不辨此何居，依稀水晶闕。

一徑隨溪水，溪迴又入灣。溪梅孤韵别，對雪傲空山。

處處桃符换，家家爆竹聲〔四〕。臘從今夜盡，春向曉鷄迎。

【校】

①底本原校者眉批：「映寫本『釭』作『缸』。」

【注】

〔一〕摵摵：象聲詞，形容葉落之聲。

〔二〕螻蛄猶夕鳴：螻蛄，昆蟲名，俗名土狗。《古詩十九首》：「凜凜歲云暮，螻蛄夕鳴悲。」

〔三〕雪腴：當指乳酪或魚蟹之肉。

〔四〕雲子：一種白色小石，細長而圓，狀如飯粒，或云即碎雲母。後亦指米飯。這裏當用以比喻柔滑的食物。

〔五〕封題三百顆，爲得洞庭霜：晉王羲之《奉橘帖》：「奉橘三百枚，霜未降，未可多得。」韋應物《答鄭騎曹重九日求橘》：「書後欲題三百顆，洞庭須待滿林霜。」

〔六〕寄語南枝信，休將嶺上誇：唐李嶠《梅》：「大庾斂寒光，南枝獨早芳。」

〔七〕負冰：指天氣回暖，水底魚蟲游近冰面。《大戴禮記·夏小正》：「魚陟負冰。陟，升也。負冰云者，言解蟄也。」

〔八〕一派米家圖：米芾、米友仁父子所畫山水，善於點染，獨具風格，被後人稱作「米家山水」「米家點」。

〔九〕巃嵸：疊韵聯綿詞，山勢高峻貌。

〔一〇〕疏香不堪贈：陸凱《贈范曄》：「折梅逢驛使，寄與隴頭人。江南無所有，聊贈一枝春。」

〔一一〕梅纈：梅花。纈，染有花紋的絲織品，後借指類似紅暈。

〔一二〕紅爐煨緑酒：白居易《問劉十九》：「緑蟻新醅酒，紅泥小火爐。」

〔一三〕子夜有冬詞：南朝樂府有《子夜四時歌》，係據樂府吴聲歌曲之《子夜歌》發展變化而成，分《春歌》《夏歌》《秋歌》《冬歌》，「冬詞」指《冬歌》。後人擬樂府之作有《子夜冬歌》。

〔一四〕處處桃符換，家家爆竹聲：王安石《元日》：「千門萬户曈曈日，總把新桃換舊符。」「桃符」後指春聯。

題　後

余家祖姑之長於吟咏也，蓋天性然也。嘗讀其全稿，以所天有早世之感，而不得其平則鳴，故窮苦之言居多。獨于《山居四時雜咏》若干首，則又即景興懷，非復不平而鳴者矣。夫詩以情而作，情以景而生，以余祖姑素嫻丹青，凡景之足娱人意者，無不入諸繪染，即無不形之嘯歌，擬諸摩詰「畫中詩，詩中畫」，殆不是過，令人讀之，恍在白雲深處、疏林斜日中也。則亦何在非詩，而豈必不平而鳴，以爲窮苦之言易好也哉！雖然，《柏舟》之詩誠可歌而可泣，人將言愁而欲愁，則余祖姑生平寄托，亦在全稿耳。今春秋日以高，行且盡發其藏，壽之梨棗。若兹帙也，聊以志吉光片羽云爾。時己亥春日侄孫晉驕敬識於香草園。

附倪宜子詩①

余侄女宜子，天資穎異，機警靈巧，凡琴棋簫管詩畫針繡，靡不通曉。因所天留燕，久而不歸，往從之，遂卒于邸寓。哀哉！生平著作甚富，悉皆散失，偶從敝篋中得數首，爰付剞劂以志感云。

【校】

①底本原校者眉批：「附詩映寫本接前《上元夜》題後。」按《龍池倪氏宗譜》卷二《歷世遺文撰集考》，仁吉侄一賡長姊名宜之，有《西園詩》一卷，《足治園詩餘》一帖。倪一賡注：「此與妹夫張長庚唱咏之作，惜携至燕都。今《凝香閣詩集》載宜之近體十首餘詩，我得二十餘篇，譜中附録，見倪氏閨閣中人不亞名士。」

彈琴

獨抱瑶琴訴玉清①〔一〕，欲彈猶恐曲難成。高山流水添幽恨，别隺離鸞動遠情〔二〕。指下自傳無限意，絃中誰是不平聲。暗思當日知音在，月夜西窗爲品評。

【校】

①訴：底本作「訢」，今改正。

【注】

〔一〕玉清：喻高潔。

〔二〕隺：「鶴」的俗字。

病中自嘆

盧醫那見療情癡〔一〕，抑鬱沉沉倚枕敧。好夢恐隨栩蝶散〔二〕，無言惟有落花知。苦酸嘗盡誰人念，生死緣纏勉自支。盼却天涯成杳渺，不知何事忍相違。

【注】

〔一〕盧醫：即戰國時著名醫學家扁鵲，因家於盧國，别號盧醫。

〔二〕栩蝶：用「莊生夢蝶」典。《莊子·齊物論》：「昔者莊周夢爲胡蝶，栩栩然胡蝶也，自喻適志與，不知周也。俄然覺，則蘧蘧然周也。」成玄英疏：「栩栩，忻暢貌也。」

立秋有感

一葉梧桐大火流〔一〕，如何令我早知秋。裴姫懷遠思裁練〔二〕，蘇子羞歸欲敝裘〔三〕。短笛吹來皆别恨，瑶琴弄罷盡離愁。憑欄空盼新鴻至，那有音書付與收？

【注】

〔一〕大火流：指暑熱消退。《詩·豳風·七月》：「七月流火，九月授衣。」毛傳：「火，大火也。流，下也。」鄭箋：「大火者，寒暑之候也。火星中而寒暑退。故將言寒，先著火所在。」

〔二〕裴姬懷遠思裁練：用唐代詩人裴説故事。北宋陳師道《後山詩話》：「禮部員外郎裴説《寄邊衣詩》曰：『深閨乍冷開香篋，玉箸微微濕紅頰。一陣霜風殺柳條，濃煙半夜成黄葉。重重白練明如雪，獨下閑階轉凄切。只知抱杵搗秋砧，不覺高樓已無月。時聞寒雁聲相喚，紗窗只有燈相伴。幾展齊紈又懶裁，離腸恐逐金刀斷。細想儀形執牙尺，回刀剪破澄江色。愁撚金針信手縫，惆悵無人試寬窄。時時舉手勻殘泪，紅箋漫有千行字。書中不盡心中事，一半殷勤托邊使。』裴説詩句甚麗。《零陵總記》載説詩一篇，尤詼詭也。」裴詩爲擬閨閣口吻之作，亦可解釋作裴説代妻作，故稱「裴姬」。

〔三〕蘇子羞歸欲敝裘：用戰國時蘇秦故事。《戰國策·秦策一》：「（蘇秦）説秦王書十上而説不納。黑貂之裘弊，黄金百鎰盡，資用乏絶，去秦而歸。羸縢履蹻，負書擔橐，形容枯槁，面目犁黑，狀有歸色。歸至家，妻不下紝，嫂不爲炊，父母不與言。」

燈花

銀缸何事今宵喜，勝剪隋宫一夜新〔一〕。蓄蕊含葩成異色，揚芬吐艷不關春。因猜羈旅佳音至，定照香帷好夢頻。疑是癡郎心上焰，幻教花灺誑閨人。

【注】

〔二〕勝剪隋宫一夜新：用隋煬帝沉香火山事。《太平廣記》卷二三六《奢侈一·隋煬帝》：「隋主每當除夜至及歲夜，殿前諸院設火山數十，盡沉香木根也。每一山焚沉香數車，火光暗，則以甲煎沃之，焰起數丈，沉香甲煎之香，旁聞數十里。一夜之中，則用沉香二百餘乘，甲煎二百石。又殿内房中，不燃膏火，懸大珠一百二十以照之，光比白日。又有明月寶、夜光珠，大者六七寸，小者猶三寸，一珠之價，直數千萬。」

夢感

碧窗疏雨滴長宵，伏枕朦朧到此朝①。夢裏知添新愛寵，醒來悲贈舊絞綃。郎心莫變初三月，妾意誠如十八潮。月任盈虧潮自信，盟香寧逐斷煙飄。

【校】

①底本原校者眉批：「映寫本『此朝』作『北朝』。」

歸寧祖居得家姑詩步韵

征鴻過處得瑶箋，不見鸞軿意倍煎。澗畔尋花思舊日，林邊聽鳥俟他年。煙雲變幻山仍在，人事凄凉世已遷。擬訴睽違千萬恨，幾回捉筆泪潸然。

除夜

殘冬欲别尚徘徊，守歲蕭然獨舉杯。一度年光隨漏盡，二分春色破朝來①。懷人相望雲連樹，伴我同栖雪共梅。愁似桃符新换舊，那將冰雪潑愁堆？

【校】

①底本原校者眉批：「映寫本『二分』作『三分』。」

重刻凝香閣詩跋①

碑鎸貞義，幾曾口賦紅箋；集字遺芳，未必心驚黄蘖。自共姜歌兩髦，詩不多傳；即衛婦悼雙飛〔一〕，斑惟略見。節才并著，今古攸難。竊讀《凝香閣詩》而有感也，以彼含精寶婺，孕秀仙華，針可呼神，夫人有髮繡大士像，壽於隆平寺見之，通體作篆壽字，内無墨迹，真絶技也。畫能擅絶，簪花儷格，咏絮聯詞，倘使閨中瑟好〔二〕，必代吟醉草之章；就令邊外書遥，定續寄迴文之錦。而乃鴛鴦夢斷，鶗鴂春歸，詩以窮而愈工〔三〕，律未老而先細〔四〕。自憐寥寂，稱幽閫之未亡人；偶寫勞騷，托選樓之無名氏。處處閑愁閑恨，石亦能言〔五〕；年年秋月秋風，天誠難問〔六〕。圖傳宫意，目空花蕊之詞〔七〕；景繪山居，腸斷蘼蕪之采〔八〕。痛遺音於八首〔九〕，手澤彌珍；附猶女以七篇，心聲相印。緬兹冰雪，諷彼珠璣。徵羽清流，合共瑶琴太古；夫人琴名凝香，存舅公處。琅玕静戛，每疑方竹前生也。夫人手植方竹，今舊址尚有産者。余母舅氏省齋公者，支殊嫡似，誦嗜清芬，非積穀之翁，有名山之志〔一〇〕。重商剞劂，不妨典盡春衣；但壽英華，何惜券將厦屋。勿揣愚陋，承命校刊，約略二萬言，共計三百首。所幸騷壇嚄唶〔一〕，爲再勘三亥之訛〔二〕，從兹藝苑流傳，不復許六丁之攝〔三〕。

嘉慶丙子季秋吴寧後學韋嵩壽拜跋〔四〕

【校】

① 底本原校者眉批：「映寫本未載此跋。」

【注】

〔一〕衛婦悼雙飛：《詩·邶風·燕燕》：「燕燕于飞，差池其羽。之子于归，远送于野，瞻望弗及，泣涕如雨。」序云：「衛莊姜送歸妾也。」

〔二〕閨中瑟好：《詩·鄭風·女曰鷄鳴》：「宜言飲酒，與子偕老。琴瑟在御，莫不静好。」

〔三〕詩以窮而愈工：宋歐陽修《梅聖俞詩集序》：「世謂詩人少達而多窮，夫豈然哉。蓋世所傳詩者，多出於古窮人之辭也。……蓋愈窮則愈工。然則非詩之能窮人，殆窮者而後工也。」

〔四〕律未老而先細：杜甫《遣悶戲呈路十九曹長》：「晚節漸於詩律細，誰家數去酒杯寬？」

〔五〕石亦能言：《左傳·昭公八年》：「八年春，石言于晉魏榆。晉侯問於師曠曰：『石何故言？』對曰：『石不能言，或馮焉，不然，民聽濫也。抑臣又聞之曰：作事不時，怨讟動於民，則有非言之物而言。今宫室崇侈，民力雕盡，怨讟并作，莫保其性。石言，不亦宜乎？』」

〔六〕天誠難問：杜甫《暮春江陵送馬大卿公恩命追赴闕下》：「天意高難問，人情老易悲。」宋張元幹《賀新郎》：「天意從來高難問，况人情易老悲難訴。」

〔七〕花蕊：後蜀花蕊夫人。陳師道《後山詩話》：「費氏，蜀之青城人。以才色入蜀宫，後主嬖之，號『花蕊夫人』，效王建作宫詞百首。國亡，入備後宫。太祖聞之，召使陳詩，誦其《國亡詩》云：『君王城上竪降旗，妾在深宫那得知。十四萬人齊解甲，更無一個是男兒。』太祖悦，蓋蜀兵十四萬，而王師數萬爾。」

〔八〕蘼蕪之采：漢樂府《上山采蘼蕪》：「上山采蘼蕪，下山逢故夫。」

〔九〕痛遺音於八首：見前倪尚忠《小西湖八景詩》。

〔一〇〕名山：指可以流傳不朽的藏書之所。《史記·太史公自序》：「藏之名山，副在京師，俟後世聖人君子。」

〔一一〕嚄唶：大聲呼叫。《史記·魏公子列傳》：「晋鄙嚄唶宿將，往恐不聽，必當殺之。」張守節正義引《聲類》：「嚄，大笑。唶，大呼。」

〔一二〕三亥：《吕氏春秋·慎行論第二》：「子夏之晋，過衛，有讀史記者曰：『晋師三豕涉河。』子夏曰：『非也，是己亥也。夫『己』與『三』相近，『豕』與『亥』相似。』至於晋而問之，則曰『晋師己亥涉河』也。」

〔一三〕六丁：丙丁爲火。道教以六丁爲陰神，名「六丁玉女」，故以「丁女」稱火。韓愈《陸渾山火和皇甫湜用其韵》：「女丁婦壬傳世婚，一朝結讎奈後昆。」蘇軾《雲龍山觀燒得雲字》：「丁女真水妃，寒山便火耘。」

〔四〕吴寧：東陽古稱。韋嵩壽：字維嶽，别字少峴，又字峴樵，浙江東陽人。清嘉慶二十三年（一八一八）恩科舉人，後改名崧杰，道光三年（一八二三）進士。

附録

附録一：倪仁吉集外詩

重游仙華山①

仙華山去浦治十五里而遥，一名仙姑山，又名少女峰，世傳黄帝少女於此上升。有峰迴峙，靈妙窈怪，不可名狀。又玉華屏，奇秀峭列。而石壁丹光，猶縹緲焉。琳宫峻宇歲久，地方皆撤而更新之。居人悉種作，自樂其土②。其山莊顔曰「華陽仙隱」，花木掩映，田地高下③，遠近環爲八景，皆呈奇獻異，不一而足。余樓中坐對，朝嵐夕暉，時時演漾窗户間也。

憶昔隨侍先太孺人暨諸嫂氏往游，余附葛援藤，能及二峰之下，投石於洞穴中量淺深，爲歡而反，屈指將四十年矣。今冬偶以吾侄立昌初度〔一〕，率其婦子復同往游，但煙景蒼茫，渾難辨識，豈漁人再訪桃源耶？及觀昭陵宫壁〔二〕，尚存先大夫題句，時年七十有九之筆也。拂拭誦哦，山川猶故；回首雲天，遂成幻影。因攄鄙語，以記愴懷云爾④。

四十年前若夢游，重觀別構焕新眸。丹流石壁猶傳古⑤，風颯松林又過秋。仙隱怡然居絶境，親書睠此悟元修⑥〔三〕。披吟幾度忘歸去，却爲寒雲結遠愁。

危樓嵐秀常相對，争似攀蘿上翠顛⑦。日映霧騰銀海泛，峰分蓮矗玉華鮮。紅塵已覺天風掃⑧，元秘還期神女憐⑨。立遍斜陽歸鳥促，出林猶望珮珊然。

【校】

①輯自民國五年鉛印本《（光緒）浦江縣志稿》卷二附注，作《閨秀倪仁吉重游仙華詩并序》，以下簡稱縣志本。又見於《龍池倪氏宗譜》卷八《淑媛凝香主人傳附序并詩》，以下簡稱家譜本。今以縣志本作底本，家譜本作校本，校録於此。

②「自樂」後，家譜本無「其土」二字。

③田地：家譜本作「田池」。

④記：家譜本作「紀」。

⑤傳古：家譜本作「存古」。

⑥睠：家譜本作「惓」。

⑦顛：家譜本作「巔」。

⑧覺：家譜本作「覽」。

⑨還期：家譜本作「遠祈」。

【注】

〔一〕初度：生日。《楚辭·離騷》：「皇覽揆余初度兮，肇錫余以嘉名。」

〔二〕昭陵宫：即昭靈宫。《（光緒）浦江縣志》卷二《山川·仙華山》正文後附小字注：「按山麓爲昭靈宫。」

〔三〕元修：傳爲黄帝少女名。

附録二：倪仁吉史料彙編

《龍池倪氏宗譜》卷八《淑媛凝香主人傳附序并詩》：

倪仁吉，字心惠，號凝香子，葵明公幼女也，生於江西吉安任所，因名吉。貞静純孝，七歲授《女誡》諸書，甫成誦，即喟然慕曹大家之爲人。十二三能詩，兼善繡及書畫，公每持以示人，才名藉甚。十四，母祝太孺人歿，慟而骨毁，勉奉父教，以禮節哀。服闋，適義烏生員吴之藝，藝爲名家子，英少自負。吉見寡姑龔氏課學有和九風，遂祇承而儆於室，切磋儼若畏友，藝由是益奮。及下第，從兄負土葬父成疾。歸卧家塾，吉日致湯藥和泪進，至疾彌留，慨然欲從於地下。藝覺而屬之曰：「若幼明大義，况今年二十乎？顧激烈從我易，從容撫孤難。若以所撫爲慮，則吾兄三，皆多子，可各請其次也。念吾母老，勿輕言以傷其意。」吉含泪承順，而藝目以瞑。遵夫立嗣遺命，懇伯兄次子雲將、仲兄次子雲亭、叔兄次子雲津，并鞠鬻而訓課之。將、亭俱食餼，先後歲薦，津亦采芹。撫孤垂四十七年，里人以節孝請，撫軍范上其事於朝，奉旨建坊旌表。吉行不窺堂，飾無寸綺。躬自勤績課耕，節縮衣食，以供賦奉祀。有時吟咏自遣，而終始無一逾閾之言。至晚年，始肯以詩付梓。有《凝香閣全稿》《宫意圖詩》《四時山居雜咏》三種行於世。獨繡床一絲，巧奪天孫，顔曰《凝香閣繡譜》，諸名公競爲之叙。遭寇燹，不傳，惟書畫片羽留人間。而王玉映選《詩緯》《文緯》，登之最富，人皆稱名媛云。

晉䮏曰：《柏舟》，一仕節也，亦才女也。顧共姜能詩，不必以工繡及書畫聞。予祖姑針神直追夜來，而書則衛夫人，畫則管道昇矣。兼之者難，何才與節不相掩也。督學使劉石芝先生曰：「以咏雪之才，表飛霜之操。」諒哉。

《龍池倪氏宗譜》卷八《淑媛凝香主人傳附序并詩》：

晉䮏曰：凝香主人書畫授之心求公，琴授之心孚公。……詩則習睹葵明公《鳴籟》諸草，心孚公《素心》一草，蓋薰陶於父兄，非一日也。

《龍池倪氏宗譜》卷二《歷世遺文撰集考》：

《凝香子詩文》二卷，《宫意圖詩畫》一卷，《四時山居雜咏》一卷，《十美圖繡譜册頁》一套，《鏡圖繡譜》一套，皆自序，繡字。《湘靈鼓瑟繡譜》一套。姑昔以此譜與我傳家，今與寧婿去。

王士禎《漁洋詩話》[一]：

董樵，萊陽高士。康熙初，游嫯郡。閨秀倪氏仁吉高其人，製方竹爲杖遺之。倪有絶句云：「怨入蒼梧斑竹枝，瀟湘渺渺水雲思。分明記得華清夜，疏雨銀缸獨坐時。」（卷下）

王士禎《池北偶談》[二]：

女郎倪仁吉，義烏人，善寫山水，尤工篇什。予嘗見其《宫意圖詩》其一云：「調入蒼梧斑竹枝，瀟湘渺渺水雲思。聽來記得華清夜，疏雨銀缸獨坐時。」先考功兄曾得其全集。倪手種方竹數十竿，甚愛惜，萊陽董樵處士游嫯郡，倪高其人，斫一枝贈之。（卷一一「倪仁吉」條）

徐元嘆《落木庵集》云：訪江城毛休文於竺塢慧文庵，出其母汝太君畫扇十八面，山水草蟲，無不臻妙。三百年中，大方名筆可與頡頏者，不過二三而已。近日閨秀如方維儀

〔一〕康熙三十四年（一六九五）新安張氏霞舉堂刻本。
〔二〕康熙三十九年（一七〇〇）臨汀郡署刻本。

之大士，倪仁吉山水，周禧人物，李因、胡净鬘陳洪綬妾。草蟲花鳥，皆入妙品。（卷一一二「閨秀畫」條）

近日婦人工畫者，海寧李因是庵，善畫松鷹及水墨花竹翎毛。江陰周禧，善人物花鳥，其妹祜與之頡頏。義烏倪仁吉、秀水黄媛介，皆工山水木石。桐城方維儀，工白描大士。（卷一八「婦人畫」條）

王士禛《香祖筆記》〔一〕：

先兄西樵先生撰古今閨閣詩文爲《然脂集》，多至二百卷。詩部不必言，文部至五十餘卷，自廿一史已下，瀏覽采摭，可稱宏博精核。而説部尤創獲，爲古人所未有。今略其書目，載於此：……倪仁吉《宫意圖題語》一卷。（卷八）

朱彝尊《明詩綜》〔二〕：

〔一〕康熙四十四年（一七〇五）刻本。

〔二〕康熙四十四年（一七〇五）刻本。

仁吉字心惠，浦江人，進士仁楨（禎）之女。

《宫意圖》

調入蒼梧斑竹枝，瀟湘渺渺水雲思。聽來記得華清夜，疏雨銀釭獨坐時。

《彈琴》

梨花小院午風輕，謾理冰絲入太清。一片梧桐心未死，至今猶發斷腸聲。

（卷八六《倪仁吉二首》）

康熙《御選四朝詩·明詩》〔一〕：

《宫意圖》

調入蒼梧斑竹枝，瀟湘渺渺水雲思。聽來記得華清夜，疏雨銀釭獨坐時。

《彈琴》

梨花小院午風輕，謾理冰絲入太清。一片梧桐心未死，至今猶發斷腸聲。

〔一〕康熙四十八年（一七〇九）刻本。

《四時宫意》録二首

秋到長生巧太多，正逢牛女會天河。蛛絲瓜果無心祝，百子池頭月蕩梭。

屏山六曲水雲鄉，夜雨頻添甲帳凉。枕畔香殘眠未穩，下簾驚醒睡鴛鴦。

（卷一一五《七言絶句十五·倪仁吉》）

《（雍正）義烏縣志》[一]：

倪氏仁吉，字心惠，浦江吉安郡丞尚忠女，邑庠生吴之藝妻。七歲誦《女誡》諸書，慕曹大家之爲人。十二三能詩，兼善書畫。十四慟母，柴毁。十七，歸之藝。姑龔氏，爲一清女，課之藝嚴。之藝因葬父病損，彌留之際，仁吉灑泪和藥，矢以身殉。之藝揣知，力阻之，且屬以立嗣奉姑。仁吉含泣順承。時爲天啓丙寅，年二十。慟絶復蘇，囊土成墳，對籤軸圖書，如見之藝，以針繡爲程課，事姑猶母，得暇爲稱説古傳，娓娓承歡。撫教爲後三子，雲將、雲亭皆食餼，雲津聲高黌序。仁吉自嫠居後，行不窺堂，衣不易素。事姑閲十三載，姑亡，刻像供室中三十餘年，朝夕奉之。間以吟咏自遣。年六十，有《凝香閣稿》。里

〔一〕雍正五年（一七二七）刻本。

人舉其事，遞申於院。康熙十二年，奉旨給銀建坊。事詳《貞節録》[一]。

（卷一五《人物志·前修·列女·國朝》）

王崇炳《金華徵獻略》[二]：

倪氏名仁吉，字心惠，義烏吴襄毅公孫之藝妻，浦江尚忠倪公之女，給諫公仁貞女弟也。生秉慧資，幼習女訓，兼通文史書畫針刺，各極工妙。年十七，歸之藝。不三年，之藝亡。仁吉年二十，無子，育其侄三人以後之藝，誓不更嫁。事其姑龔氏甚謹。年八十，全節而終。奉旨建坊。所著詩文曰《凝香閣稿》。仁吉初爲艷體詩，作《宫意圖》一册，爲生平得意之作。既乃脱落華艷，一歸平淡，所著文亦閑雅，無凡近態。作小楷，行、真法本王大令，授筆訣於其兄楨山，精妍遒媚，如初月出天，華星列漢，迄今得其片楮，皆足珍賞。其畫小幅山水，毫翰細潤，丹粉灑落，近學文徵仲，而遠可不愧趙鷗波。其繡則色染既工，運針無迹。予嘗見其自繡《心經》一卷，素綾爲質，刺以深青色絲，若鏤金切玉，精微潔净，

〔一〕按此下以雙行小字附《悼亡詩》《夢先姑龔太孺人詩》，兹不録。

〔二〕雍正十一年（一七三三）刻本。

妙入秋毫。醫者金丈曾爲予言，倪氏貌古氣蒼，晚年戴絨帽，着褐衣，一室中焚香晏坐，較勘圖史。或風日佳娱，命竹輿，帶女婢，流覽山水，得句則出名紙，以精毫書之，類山野間耆儒名士，不類閨閣中人云。

論曰：貞婦倪氏，既成共姜之節，宜迸絶諸好，不當留心藝事，揚聲集譽，似矣。夫人之秉性，不能以齊；天授絶質，豈能自掩。長孫皇后德冠六宫，而所爲詩乃陳隋靡習；顔魯公貞忠貫日，舉止談諧雜出神怪。生既大節無虧，即餘習未忘，惡足苛論哉。

（卷一五《貞烈傳·國朝·倪仁吉》）

《（雍正）浙江通志》〔一〕：

吴之藝妻倪氏，《義烏縣志》名仁吉，浦江人，歸義烏吴之藝，能詩，善書畫。夫病革，矢以身殉，夫力阻之，且屬以立嗣奉姑，仁吉含泣順承。時年二十，慟絶復蘇。事姑猶母，撫教爲後三子，行不窺堂，衣不易素。姑亡，刻像奉之。間以吟咏自適，有《凝香閣稿》。

〔一〕乾隆元年（一七三六）刻本。

康熙十二年，具題奉旨建坊旌表。（卷二一二《列女》）

張庚《國朝畫徵録》卷下《閨秀黄媛介吴氏倪仁吉附》〔一〕：

吴興倪仁吉，亦以畫山水聞。

沈德潛《清詩别裁集》卷三一〔二〕：

倪仁吉，浙江義烏人。仁吉工寫山水，嘗種方竹於庭，以自况也。有同志者，斫一竿與之。

《題宫意圖》：

調入蒼梧斑竹枝，瀟湘渺渺水雲思。聽來記得華清夜，疏雨梧桐獨坐時。

〔一〕乾隆四年（一七三九）睢州蔣泰刻本。

〔二〕乾隆二十五年（一七六〇）教忠堂重訂本。

王士禎《帶經堂詩話》卷二〇〔一〕：

女郎倪仁吉，義烏人，善寫山水，尤工篇什。予嘗見其《宫意圖詩》，其一云：「調入蒼梧斑竹枝，瀟湘渺渺水雲思。聽來記得華清夜，疏雨銀釭獨坐時。」先考功兄曾得其全集。

朱琰《金華詩録》卷四四《倪仁吉》〔二〕：

仁吉字心惠，浦江人，尚忠女，給諫仁禎女弟，嫁爲義烏吴之藝妻。之藝與之器爲昆弟，襄毅聞孫。娶不三年，卒。仁吉年二十，無子，育其侄三人以後之藝。奉姑甚謹，壽至八十，全節而終。少聰敏，通文史，兼工書畫，授筆訣於其兄，行楷俱妙，作小幅山水，近學文徵仲，遠不愧趙鷗波。迄今得書畫片楮，珍若珙璧。刺繡亦精，能滅去針綫痕迹。王崇炳云：「予嘗見其繡《心經》一卷，素綾爲質，刺以深青色絲，若鏤金切玉，妙入秋毫。醫者金丈又曾爲予言：倪氏貌古氣蒼，晚年戴絨帽，被褐，晏坐一室中，校勘圖史。得句則

〔一〕乾隆二十七年（一七六二）刻本。
〔二〕乾隆三十八年（一七七三）金華府學刻本。

出名紙，以精毫書之，類山野間耆儒碩士，不復如閨閣中人。」有《宮意圖詩》、《四時宮意圖詩》三十六首，每首有題識，如對圖畫。今録四首，已令人想望不盡。（詩略）《四時山居雜咏》、按《山居詩》，景外餘情，言中有味，不勝登載。四時各録一首，以存其大概。（詩略）《凝香閣詩集》。倪一膺序：「余姑少侍先大父，受《孝經》、《論語》、四《詩》、二《禮》，學書於先君子，筆圓韵勝，既敏且博，能自成一家言。針繡巧奪天孫，靈動不減夜來。丹青仿摹黄荃、摩詰、小李、大癡，寫聲繪馨，備極其妙。至於爲詩，氣格興象，無不諧和，而惟自言其情，不欲强爲擬古。夫以疾風勁草，嶷然大節，而怨而不怒，婉而多風，豈非使古人見之而亦交讓爲集大成者哉。余輩請梓，姑輒以閾限言，乃至耆而始見允也。」《徵獻略》：「仁吉初爲艷體詩，作《宮意圖》一册，爲生平得意之作，既乃脱落華艷，一歸平淡，所爲文亦閑雅，無凡近態。」

汪啓淑《擷芳集》卷一《倪仁吉》[一]：

字心惠，浙江浦江縣人。適義烏進士吴之藝，早寡，守志，著有《凝香閣稿》。

陶元藻《全浙詩話》卷五一[二]：

〔一〕乾隆五十年（一七八五）古歙汪氏飛鴻堂刻本。

〔二〕嘉慶元年（一七九六）怡雲閣刻本。

仁吉字心惠，浦江人，進士□（仁）楨之女。

《池北偶談》：女郎倪仁吉，義烏人，善寫山水，尤工篇什。余嘗見其《宮意圖詩》，其一云：「調入蒼梧斑竹枝，瀟湘渺渺水雲思。聽來記得華清夜，疏雨銀缸獨坐時。」先考功兄曾得其全集。倪手種方竹數十竿，甚愛惜，萊陽董樵處士游婺郡，倪高其人，斫一枝贈之。

《金華詩録》：仁吉初爲艷詩，作《宮意圖》一册，爲生平得意之作。既乃脱落華艷，一歸平淡。所爲文亦閑雅，無凡近態。

按《漁洋詩話》亦載此詩，祇云倪有絶句，不言《宮意圖》。「調」字作「怨」字，「聽來」作「分明」。

王初桐《奩史》卷四四《文墨門一・著作》〔一〕：

倪仁吉《宮意圖題語》一卷。《然脂集》

《奩史》卷四四《文墨門二・詩》：

女郎倪仁吉，善畫，尤工篇什，有《宮意圖詩》云：「怨入蒼梧斑竹枝，瀟湘渺渺水雲

〔一〕嘉慶二年（一七九七）王氏古香堂刻本。

思。分明記得華清夜，疏雨銀缸獨坐時。」《池北偶談》

《奩史》卷四七《文墨門五・畫》：

義烏倪仁吉，工山水木石。《池北偶談》

《奩史》卷八五《器用門二・器下》：

閨秀倪仁吉，高董樵爲人，製方竹杖遺之。《漁洋詩話》

阮元《兩浙輶軒録補遺》卷一〇[一]：

倪仁吉，義烏人，王阮亭曰：仁吉善寫山水，尤工篇什，先考功曾得其全集。《題宫意圖》：調入蒼梧斑竹枝，瀟湘渺渺水雲思。聽來記得華清夜，疏雨銀缸獨坐時。

吴騫《拜經樓詩集》卷七《題金華女史倪仁吉凝香閣遺稿陳映千學博所藏二首》[二]：

[一] 嘉慶六年（一八〇一）杭州朱氏碧溪草堂、陳氏種榆仙館刻本。

[二] 嘉慶八年（一八〇三）刻本。

風格霜筠鬥雪姿，家鄰瑶草傍金芝。祇教乞與靈芸手，繡出傷心幼婦詞。春蘭秋菊各含芬，畫意詩情總絶倫。携向鷗波亭上看，也應娣視管夫人。

馮金伯《國朝畫識》卷一六〔二〕：

吴之藝妻倪氏，名仁吉，浦江人。能詩善書畫。夫病革，矢以身殉，夫力阻之，且屬以立嗣奉姑。仁吉含泣順承，時年二十。慟絶復蘇，事姑猶母，撫教爲後之子。行不窺堂，衣不易素，間以吟咏自適。有《凝香閣稿》。《義烏縣志》

女郎倪仁吉，義烏人也，善寫山水，尤工篇什。予嘗見其《宫意圖詩》云：「調入蒼梧斑竹枝，瀟湘渺渺水雲思。聽來記得華清夜，疏雨銀釭獨坐時。」先考功曾得其全集。《池北偶談》

余祖姑素嫻丹青，凡景之足娱人意者，無不入諸繪染，即無不形之嘯歌。擬諸摩詰畫中詩，詩中畫，殆不是過。倪晉驊《凝香閣集跋》

仁吉工寫山水，嘗種方竹於庭，以自况也。有同志者，斫一竿與之。《竹嘯軒詩傳》

〔二〕道光十一年（一八三一）雲間文萃堂刻本。

湯漱玉《玉臺畫史》卷三[一]：

《義烏縣志》：吴之葵妻倪氏，名仁吉，浦江人，能詩，善書畫。夫病革，矢以身殉，夫力阻之，且屬以立嗣奉姑。仁吉含泣順承，時年二十，慟絶復蘇，事姑猶母，撫教爲後之子。行不窺堂，衣不易素，間以吟咏自適，有《凝香閣稿》。

《池北偶談》：倪仁吉，義烏人，善寫山水，尤工篇什。予嘗見其《宫意圖詩》，其一云：「調入蒼梧斑竹枝，瀟湘渺渺水雲思。聽來記得華清夜，疏雨銀釭獨坐時。」倪手種方竹數十竿，甚愛惜。萊陽董樵處士游婺郡，倪高其人，斫一枝贈之。

羅天尺《五山志林》卷五[二]：

邑人余廣文語：《山堂集》有和《梁靈長過神步岡尋倪媛墓詩》，其序云：「前明邑侯倪公諱尚忠幼女隨官鳳山，年十六，卒署中。侯葬之神步岡雙塔間。塔，侯所建也。越二十年，其兄行人仁正奉使入粤，作《過墓詩》，有曰：『一去難忘親骨肉，重來愁見舊山

〔一〕道光十七年（一八三七）浙江錢塘汪氏振綺堂刻本。

〔二〕清道光三十年（一八五〇）南海伍氏粤雅堂文字歡娱室刻本，《嶺南叢書》本。

川。』不獨過墓生哀，而風木之感亦慨其嘆矣。」天尺曰：「倪侯之澤我順也，甘棠且勿翦，況其骨肉乎？過墓生悲情也。間閱《兩朝志小録》云：崇正間枚卜閣臣，一時大僚不與會推者，造爲二十四氣之目，以摇惑中外。中有霸氣者，爲公子仁正。按二十四人多忠義者，如倪元璐爲淫氣，瞿式耜爲穢氣，皆死節。則仁正得與其間，亦人傑也，公之有後，宜哉。」〔二〕

彭藴璨《國朝畫史彙傳》卷六七〔三〕：

倪仁吉，浦江人。吴之藝室。山水有詩意。夫病革，矢以身殉，夫力阻之，且屬以立嗣奉姑。吉含泪順承，時年二十，慟絶復蘇。事姑撫子如禮。善書，尤工篇什，有《凝香閣稿》。《義烏縣志》《池北偶談》《竹嘯軒詩傳》《畫徵録・黄媛介傳》《擷芳集》

〔二〕按兹事齟齬處甚多，考《龍池倪氏宗譜》，倪尚忠有二女四子，長女明萬曆八年（一五八〇）生，嫁金華諸生傅祖説；幼女即仁吉，萬曆三十五年（一六〇七）生。尚忠爲順德令在萬曆二十六年（一五九八）後，得仁吉時已致仕。可知文中所稱「幼女」，絶非仁吉。仁禎年譜不全，詩集不傳，無從求取旁證，姑闕疑焉。二十四氣云云，亦可備仁禎本傳。

〔三〕同治十三年（一八七四）三楚耕餘堂邱氏刻本。

王蘊章《然脂餘韵》卷四〔一〕：

閨秀倪仁吉，義烏人。手種方竹數十竿，甚愛之。萊陽董樵，高士也。游婺郡，倪重其人，斫方竹一枝爲杖贈之。善寫山水，尤工篇什，其《宫意圖詩》云：「怨入蒼梧斑竹枝，瀟湘渺渺水雲思。聽來記得華清夜，疏雨銀缸獨坐時。」

严蘅《女世説》〔二〕：

義烏倪仁吉，性孤冷，愛方竹，手植數十竿，護惜臻至。萊陽處士董樵游婺郡，仁吉高其人，斫一枝贈之。

胡宗楙《金華經籍志》卷二一《别集类·〈居雲草〉〈鳴籟草〉》〔三〕：

明浦江倪尚忠世卿撰，見前。

〔一〕民國七年（一九一八）鉛印本。

〔二〕民國九年（一九二〇）嘉善張氏刻本。

〔三〕民國十四年（一九二五）永康胡氏夢選樓刻本。

見《金華徵獻略》。未見。

宗楙按：世卿博學工詩文。女名仁吉，字心恵，通文史書畫針刺，各極工妙，年十七，歸吴之藝，二十而寡。所著詩文曰《凝香閣稿》。作《宫意圖》一册，爲平生得意之作。善小楷、行、真，得其片楮，皆足珍貴。

胡宗楙《金華經籍志》卷二一《别集类·〈凝香閣詩集〉》：

明浦江倪仁吉心恵撰，義烏吴之藝妻。

見《金華詩録》。未見。

宗楙按：心恵通文史，兼工書畫，作小幅山水，近學文徵仲，遠不愧趙鷗波，刺繡亦精，王虎文見其繡《心經》一卷，素綾爲質，刺以深青色絲，若鏤金切玉。又云醫者金丈見倪氏貌古氣蒼，晚年戴絨帽，被褐，晏坐一室中，校勘圖史，得句則出名紙，以精毫書之，類山澤間耆儒碩士，不復如閨閣中人。尚有《四時宫意圖》《山居四時雜咏》。楙在都曾見其手繪《宫意圖》一册，附宫詞百首。

徐世昌《晚晴簃詩匯》卷一八三〔一〕：

倪仁吉，字心惠，義烏人，諸生吴之葵室，有《凝香閣稿》。

詩話：心惠早寡，無子，事姑甚孝，殁，年八十。少聰敏，通文史，兼工書畫，刺繡亦精，繡《心經》一卷，素綾爲質，刺以深青色絲，若鏤金玉，妙入秋毫。晚年戴絨帽，被褐，晏坐一室中，校刊圖史，得句則出名紙，以精毫書之。《池北偶談》紀其手種方竹數十竿，甚愛惜，萊陽董樵處士游婺郡，倪高其人，斫一枝贈之，其性情絶似山澤耆儒，不復如閨閣中人。

《題宫憶圖》

調入蒼梧斑竹枝，瀟湘渺渺水雲思。聽來記得華清夜，疏雨梧桐獨坐時。

《山居雜咏》

照影雙飛燕，新來補舊居。芹塘泥最淤，慎莫墮琴書。

紅葉恰翻階，露氣曉如沐。山雨忽欲來，新香時斷續。

〔一〕民国十八年（一九二九）退耕堂刻本。

附録三：倪仁吉年譜簡編

神宗萬曆三十五年　一六〇七　丁未　一歲

祖倪治，字仲成。業商，家以是而富，爲鄉紳。娶浦江鄭榮女。

《龍池倪氏宗譜》卷八《龍池文林公事實傳》：文林公諱治，字仲成。……與兄龍峰公殫心生殖間，常賈於新都、武林間，往往操奇贏，而十一之息，漸至殷殷，視之先業，不啻五之。

《龍池倪氏宗譜》卷八《龍池文林公孺人鄭氏傳》：予先太孺人，同里鄭氏太公榮之女。

伯父尚功，爲邑諸生，好地理，伯母周氏；叔父尚時〔一〕，嬸母蔣氏、周氏。

《龍池倪氏宗譜》卷八《龍池文林公行狀》：舉三丈夫子，長尚功，邑諸生，配周氏。……幼尚時，娶蔣氏，繼周氏。

〔一〕按仁吉叔父之名，據《龍池倪氏宗譜》卷八所録倪治傳、鄭氏傳，皆名尚時，而同卷《澹寧處士傳》云名尚宜，字世宜。姑存疑。

《龍池倪氏宗譜》卷八《春穀府君暨喜亭府君合傳》：府君諱尚功，字世臣。……居平喜地理諸書，并探其要旨，尋山問水，其樂可知。太叔祖葵明公曰：「余與兄邑庠生，讀書東嶽廟中。」父尚忠，字世卿，萬曆十六年中舉〔一〕，二十六年得中進士，授廣東順德縣令〔二〕，後遷江

〔一〕萬曆十六年戊子（一五八八），倪尚忠鄉試中式。《龍池倪氏宗譜》卷八《亡室金氏傳》：「孺人卒之二年，爲戊子，而予領鄉薦。」

〔二〕《龍池倪氏宗譜》卷八《葵明倪老先生傳》：「萬曆戊戌進士，任廣東順德令。」萬曆二十八年（一六〇〇）庚子，尚忠同考廣東鄉試時，巡按御史顧龍禎與廣東參政分守嶺西王泮因事扭打，解勸時爲顧所誤毆。沈德符《萬曆野獲編》卷一五《科場》「御史方伯相毆」條：「時庚子秋試，王以提調，偕侍御入闈。王點名散卷畢，偶以一公事相争，遂詬詈，至以老奴才目王，王亦以惡聲答之。因兩捽於至公堂上。王奮拳擊之，顧不能勝，墮冠弛帶，以吉服而盤旋於地。有邑令倪姓者，名失記，司外簾，力爲解勸。顧即攬其裾，痛毆之，令故美鬚髯，頃刻頤頷俱空，不知王出外久矣。王返藩司，即具疏言狀，且請罷，得旨，顧革任聽勘。顧疏尋至，王亦去如顧勘例。」清盛楓《嘉禾徵獻録》卷三〇《萬年》「毆於闈中」注引《萬曆野獲編》文略同，惟指明該邑令爲倪尚忠，并言該事因「議科場費不協」。王崇炳《金華徵獻略》卷一三《政績傳·倪尚忠》：「萬曆戊戌進士，授廣東順德令，誠心愛民，不務督責，邑多盜，大辟以下，恒薄懲，或以爲言曰：『使其能改，何過督爲？』著《宣化録》，以勸率之。順德下邑，科第素寡，尚忠日進諸生督課之，嗣是甲第日多，躋顯仕，前後得二宗伯，人比之文翁。萬曆中，設采珠廠，閹使恣横，民多破家，尚忠下令邑中有珠廠鈎役，杖而禁之。有以采珠事累及孝廉者，執而置之獄。閹怒，禍且不測，尚忠無懼，力言制按兩院，得奏，罷采。」

西吉安府同知。

《金華徵獻略》卷一三《政績傳·倪尚忠》：倪尚忠，字世卿，浦江人，萬曆戊戌進士，授廣東順德令。……遷吉州府同知，以母老，致仕歸。

尚忠先娶金氏[一]，生長子仁祚[二]，字心延，娶施永嘉女。一女[三]，嫁金華傅祖説。

《龍池倪氏宗譜》卷八《石臣倪老先生傳》：石臣公諱仁祚，字心延。……娶任江西吉安府安仁縣施永嘉女。

繼娶祝氏，生次子仁祐，字心求，邑庠生，娶朱懋芳女。三子仁綸，疑字心孚，娶張應棟女；四子仁禎[四]，字心開，娶嚴氏、吴氏。仁禎歷官太常博士、禮科給事中。

〔一〕萬曆十四年丙戌（一五八六）三月十二日金氏以産病，卒。《龍池倪氏宗譜》卷八《亡室金氏傳》：「方以爲喜，而輒用産病尫，明年三月，遂不起。」

〔二〕萬曆十三年乙酉（一五八五），倪尚忠第二次鄉試落榜，同年八月長子仁祚生。《龍池倪氏宗譜》卷八《亡室金氏傳》：「乙酉復不第，舉男仁祚。」

〔三〕萬曆八年庚辰（一五八〇）生，成年後嫁金華邑庠生傅祖説。《龍池倪氏宗譜》卷八《亡室金氏傳》：「嗣自舉女後，五閲歲而始得仁祚。……女適金華傅祖説，太學生。」

〔四〕萬曆二十五年丁酉（一五九七）生，參後倪仁禎成進士之年。

《金華徵獻略》卷一五《貞烈傳·朱氏張氏》：朱氏張氏，皆浦江倪尚忠媳也。朱氏，義烏進士朱懋芳女，適尚忠次子仁祐。張氏，邵武通守張應棟女，適尚忠三子仁綸。

《龍池倪氏宗譜》卷八《心求倪公傳》：孫善初曾語予云：「倪二哥誠天上人，却不是李青蓮輩。」

《龍池倪氏宗譜》卷八《淑媛凝香主人傳附序并詩》：晉騧曰：「凝香主人書畫授之心求公，琴授之心孚公。」

《龍池倪氏宗譜》卷八《倪株山先生傳》：倪公仁禎，號株山，初字心開。……登崇禎丁丑進士，除太常博士。

《龍池倪氏宗譜》卷八《龍池文林公孺人鄭氏傳》：仁禎娶金華嚴氏。

《龍池倪氏宗譜》卷八《明給諫株山倪老先生儲封太母吴夫人賢節傳》：太母姓吴氏，給諫倪公夫人，鄉進士松樓先生之母也。

仁祐次子立昌，嗣仁綸房，立昌生晉騧。

《龍池倪氏宗譜》卷八《心求倪公傳》：次即啓君。

《龍池倪氏宗譜》卷八《啓君倪公傳》：未離母懷，早失父。一墜地，隨繼寡嬸，因名立昌。

仁禎生一膺。

《龍池倪氏宗譜》卷八《倪株山先生傳》：子五，其四一膺。

是年倪尚忠自江西吉安府同知任罷歸，構閣小西湖上。湖距倪家二里許，倪尚忠賦《八景詩》。時仁吉生，一説生於吉安府任上。

《觀先大夫詩榜》附録序：先大夫手書《小西湖八景詩》于榜，有小叙，略云：「湖距余家可二里許，歲丁未，余自吉州罷歸，始構閣其上，雜蒔花木，日盤桓于兹，恍若身在六橋兩峰間，遂賦八景以記之。」

《觀先大夫詩榜》附録跋：余觀序，知丁未歸自吉州，爲余始生命名之年。

《龍池倪氏宗譜》卷八《淑媛凝香主人傳附序并詩》：葵明公幼女也，生於江西吉安任所，因名吉。

字心惠，號凝香閣主人。後居香草園，爲侄立昌産業。書房名凝香閣〔一〕、緑繞樓。

《龍池倪氏宗譜》卷八《淑媛凝香主人傳附序并詩》：倪仁吉，字心惠，號凝香子。

《重刻凝香閣初集小引》：香草園是其所居，凝香閣即在園内。

〔一〕元代書畫家、詩人倪瓚書房名亦稱凝香閣。清顧廣圻《百宋一廛賦》：「《漢書》特善，清秘留將。是曰景祐，戛乎弗亡。」黄丕烈注：「景祐二年本《漢書》一百卷。……最後復有墨書二行，云：『右宋景文公以諸本參校，手所是正，并附古注之末。至正癸丑三月十二日雲林倪瓚在凝香閣謹閲。』」又凝香閣不見於倪瓚本傳，惟見此宋版《漢書》跋語。疑倪仁吉以仰慕同姓先賢故，取以爲書室名。

《龍池倪氏宗譜》卷八《啓君倪公傳》：復肯構入城，中堂軒敞，取以奉母，自傍左右，娱晨昏。見前地尚饒，蒔花藝竹，辟香草園，爲習静地。

祖母鄭氏病於家，甚危。尚忠歸後，病愈。

《龍池倪氏宗譜》卷八《龍池文林公孺人鄭氏傳》：不孝罷吉州時，母病於家，危甚。嘗以不孝未歸爲念。及歸，而籲天請代，竭力湯藥，尋愈。里中無問老稚，咸喜。

十月　祖母鄭氏八十誕辰，子孫爲上壽。

《龍池倪氏宗譜》卷八《龍池文林公孺人鄭氏行狀》：是年十月，爲余太孺人八秩誕辰……而不孝兄弟偕諸孫稱觴上壽。

神宗萬曆三十六年　一六〇八　戊申　二歲

正月二十七日　祖母鄭氏病復發，去世，年八十一。

《龍池倪氏宗譜》卷八《龍池文林公孺人鄭氏傳》：明年，疾復作，百醫不效。……卒於戊申年正月二十七日。

《龍池倪氏宗譜》卷八《龍池文林公孺人鄭氏行狀》：竟以正月之二十有七日，終於内寢。年八十有一。

神宗萬曆四十一年　一六一三　癸丑　七歲

能誦《女誡》諸書。

《(雍正)義烏縣志》卷一五《人物志・前修・列女・國朝》：七歲誦《女誡》諸書，慕曹大家之爲人。

神宗萬曆四十三年　一六一五　乙卯　九歲

叔兄仁綸去世。參見下年十一月事。

神宗萬曆四十四年　一六一六　丙辰　十歲

倪尚忠教之讀書。

《觀先大夫詩榜》附録跋：憶承先大夫授書時甫十歲，蓋見視猶小男也。

十一月初九　侄立昌生，爲遺腹子。故知仁吉同母仲兄仁祐此年中已去世。

《龍池倪氏宗譜》卷八《啓君倪公傳》：未離母懷，早失父。……生於萬曆丙辰十一月初九日。

《金華徵獻略》卷一五《貞烈傳・朱氏張氏》：祐弱冠蜚聲庠序，綸亦少年知名。以力學，得羸疾。張氏割股以進綸，卒，繼祐子立昌爲嗣。明年，祐病，朱氏割股以進祐，亦卒。姊姒含泪撫孤，煢煢相對。

神宗萬曆四十六年　一六一八　戊午　十二歲

季兄仁禎中鄉試。明年會試不第。

《龍池倪氏宗譜》卷八《倪株山先生傳》：二十二，舉於鄉。不第春官。

神宗萬曆四十八年／光宗泰昌元年　一六二〇　庚申　十四歲

十二月十七日　母祝氏去世。

《觀先大夫詩榜》附録跋：迨十四，不幸失先太孺人，則父也而兼母矣。

《龍池倪氏宗譜·世系圖·尚忠》：繼娶長陵祝氏，敕封孺人。……卒於泰昌庚申十二月十七日丑時，葬嚴陵大洋。

熹宗天啓三年　一六二三　癸亥　十七歲

與義烏大元吴之藝稚游結縭。之藝曾祖吴百朋，父存中，長兄之器，次兄之識，季兄之文。

《(雍正)義烏縣志》卷一五《人物志·前修·列女·國朝》：邑庠生吴之藝妻。……十七，歸之藝。

《凝香閣稿序》：是爲年家季兄稚游氏之元配。

《再刻凝香閣詩序》：稠州大元吴稚游公倪氏夫人仁吉所著也。

《金華徵獻略》卷一二《文學傳》：吴之器，字賜如，號神岳，義烏人，吴襄毅百朋曾孫。祖大纘，字子孝，乙科。父存中，字致之，爲古文詞，皆有聲。

熹宗天啓六年　一六二六　丙寅　二十歲

夫吴之藝去世。

《(雍正)義烏縣志》卷一五《人物志·前修·列女·國朝》：之藝因葬父病損，彌留之際，仁吉灑泪和藥，矢以身殉。之藝揣知，力阻之，且屬以立嗣奉姑，仁吉含泣順承。時爲天啓丙寅，年二十。

以吴之器次子雲將、吴之識次子雲亭、吴之文次子雲津爲嗣子。

《宫意圖詩叙》：顧有才如此，而且自閟其言者，垂五十餘年，而後令似吴生雲將輩始得請而梨棗之。

《(雍正)義烏縣志》卷一五《人物志·前修·列女·國朝》:撫教爲後三子,雲將、雲亭皆食餼,雲津聲高黌序。

熹宗天啓七年　一六二七　丁卯　二十一歲

同父異母兄仁祚去世。

《龍池倪氏宗譜》卷八《石臣倪老先生傳》:行年四十二,以痘卒,惜哉。

思宗崇禎二年　一六二九　己巳　二十三歲

復社成立。仁禎在與社名單中。

《復社紀略》卷一:是歲,吴江令楚人熊魚山先生諱開元,以文章經術爲治。知人下士慕天如名,迎至邑館。……比年而後,秦、晉、閩、廣多有以文郵致者。是時江北匡社、中州端社、松江幾社、萊陽邑社、浙東超社、浙西莊社、黄州質社與江南應社各分壇坫,莫相統一,天如乃合諸社爲一,而爲之立規條、定程課。……集中詳列姓氏,以示門墻之峻;分注郡邑,以見聲氣之横。……金華:傅岩、葉幹、倪仁禎。

思宗崇禎三年　一六三〇　庚午　二十四歲

父去世，年八十二。

《觀先大夫詩榜》附録跋：乃二十四，又不幸失之。

《龍池倪氏宗譜·葵明公遺像贊》：諸祖自性至起，五世未有享壽至期頤者。獨聚靈篤嘏於葵祖，以進士起家，壽八十有二，必如是而後足以當仁壽之稱。

思宗崇禎九年　一六三六　丙子　三十歲

侄倪一膺生。

《龍池倪氏宗譜》卷八《明給諫株山倪老先生儲封太母吴夫人賢節傳》：丙子，符男子之祥，生而名膺，即松樓先生也。

思宗崇禎十年　一六三七　丁丑　三十一歲

季兄仁禎成進士，年四十一，除太常博士。

《龍池倪氏宗譜》卷八《倪株山先生傳》：年四十一，登崇禎丁丑進士，除太常博士。

思宗崇禎十二年　一六三九　己卯　三十三歲

姑龔氏去世。龔氏爲龔一清季女。

《（雍正）義烏縣志》卷一五《人物志·前修·列女·國朝》：姑龔氏，爲一清女，課之藝嚴。……仁吉自嫠居後，行不窺堂，衣不易素，事姑閲十三載。

《凝香閣稿序》：年伯母龔太孺人，乃憲副日池公之季女，雅號禮宗。

思宗崇禎十六年　一六四三　癸未　三十七歲

吴奎叛，至浦江。仁禎赴省求援，平之。

毛奇齡《西河合集》之《後鑒録》卷七：「許都，義烏學生也。祖達道，爲御史，有名。都，名家子，善文好施予，能得死士心，而其家實貧。紹興推官陳子龍嘗薦都于撫按，不用。會有假中貴招兵者，都無與也。東陽知縣姚遜木利都所有，文致都，求賂，都不應。值都葬母，遠近赴萬人。遜木密告都反于道臣王灐，灐遣捕，就葬所，收都，客馮降者排衆前，多力，手格殺捕。都止之，不聽。諸客大譟，裹帛反，號白頭兵。先是，巡按左光先見子龍薦都，光先庸人，疑子龍至是發官軍，使子龍監之，令自贖。時都已下東陽、浦江、義烏三縣，將至府。所至白衣冠慰勞，毫毛無犯。官軍相遇，戰且却，不即加殺，衆以爲可撫。子龍肩輿詣都營，讓之曰：『本以君國士，故薦君，今乃賊耳。如之何？』都曰：『君寧不知之？顧事已如此，孰明吾不反者乎？』子龍曰：『獨吾能明之。』且矢曰：『果不反，以百口保君。』都即日隨子龍出，見王灐，灐諭以策效，且約勦流寇自贖，授以券。都入山，諭衆令降，衆不肯。都出，復入，再諭之。衆曰：「吾不能爲子殉矣。」於是衆三萬人皆流涕散盡，獨八十人不忍去，隨都出降。至杭州，悉斬於正陽門外。其後，浙東多土寇，皆稱白頭兵，自都始。

《龍池倪氏宗譜》卷八《株山公年譜》：（明崇禎十六年）許都、吴奎叛，至浦江，夜赴省檄援，指授游擊蔣若雷提一旅破之，斬不百人，悉平。時左光先參部臣朱大典：地方寇起，火藥充棟，坐視不助官兵，意欲何爲？

《劉子全書》卷四〇《劉子年譜録遺》：會流寇陷吉安，岌岌有東下之勢。浙紳因上公疏，言兩浙財賦之地，爲國家根本。今流寇入江西，浙患在剥膚，况許都餘黨竄伏尚多，恐有因而竊發者，乞敕各郡縣團練鄉勇，爲先事毖防。宜責鄉紳有宿望者領其事。在朝廷無招募之憂，而地方獲干城之衛。

思宗崇禎十七年／清世祖順治元年　一六四四　甲申　三十八歲

三月　李自成入北京，思宗自縊。各地先後出現騷亂。

《明史·莊烈帝本紀》：（崇禎十七年三月）丁未，昧爽，内城陷。帝崩於萬歲山。

五月　清兵入北京。福王朱由崧監國於南京。馬士英、阮大鋮議以蘇松海道起用仁禎。不應。

《明史·莊烈帝本紀》：（崇禎十七年）五月，（清兵）入京師。

《龍池倪氏宗譜》卷八《株山公年譜節録》：（崇禎）十七年，京師陷，福王都金陵，思用先皇舊臣，將不次起公大用。閣臣馬士英、阮大鋮等憚公强直，進曰：「……倪仁禎先朝倚重言官，臣等於巡視京營，稔其設施精練，胸有甲兵，非諸總師匹。不若且命防海，再改授也。」乃以蘇松海道起用，檄三至，不應。

八月　避亂歸鄉，即今蘭溪梅江倪大村。與嫂侄盤桓山中，選勝盡日。爲《山居四時雜咏》先聲。

《山居雜咏》卷端《小引》：歲在未、申，東、義烽警相接，余避地歸。而侄女宜子亦於上元過探，與吾嫂氏暨二三女伴選勝，盡日盤桓山徑中。於時殘雪凝巒，梅馨初逗，竹聲戛玉，澗溜鳴琴，野況撩人，清思可掬。宜子曰：「是可圖也。」乃翦素，索余作仕女數十幀，以爲真色難生，丹青易寫，而余亦作天際真人想。既卒業，爲一粲曰：「祇能繪出東鄰，如西子何？」餘意未已，復擬即景分題，爲佳山水寫照，未果。

清世祖順治二年/南明福王弘光元年　一六四五　乙酉　三十九歲

五月　清兵破南京，弘光帝出奔，被執。

查繼佐《魯春秋·弘光元年夏五月》：南都不守，江南及浙西郡縣咸望風下。

黄宗羲《弘光實録鈔》：丁酉，趙之龍等迎北兵入南都。……甲辰，帝被執。

六月　潞王朱常淓監國於杭州，清兵旋至，出降。

黄宗羲《弘光實録鈔》：北兵至杭州，監國潞王率群臣以降。

七月　唐王朱聿鍵稱尊號於福州，改元隆武。

查繼佐《魯春秋・弘光元年秋七月》：唐王聿鍵稱尊號於福州，改元隆武。

八月　魯王朱以海監國於紹興。

《海東逸史》卷一《監國紀上》：王至紹興，行監國事，以分守公署爲行在，祭告天地祖宗，以明年爲監國元年。

查繼佐《魯春秋・弘光元年八月》：魯王行祭告禮，監國於紹興；以明年爲監國魯元年，不奉唐朔。

季兄仁禎去世，年四十九。

全祖望《鮚埼亭集外編》卷九《明文華殿大學士兵部尚書督師金華朱公事狀》：時則張公國維與公主金華，孫、熊兩公主紹興，錢公肅樂主寧波，浙東之兵，首推此三府。……張公與公分地治兵：公轄金華、蘭溪、湯溪、浦江。張轄東陽、義烏、武康、永康。

《龍池倪氏宗譜》卷八《株山公年譜節選》：未幾，南畿不守。方、馬游兵殘殄城邑。公約朱、張二公起兵，自破産召募，其圖入援。

《龍池倪氏宗譜》卷八《倪株山先生傳》：京師陷……公聞變，日夜慟哭，遂與同郡大司馬張國維破産募兵，寢苫枕戈，誓圖恢復。竟爲仇家所害。死之日，家無擔儲。……卒年僅四十九。

順治三年　一六四六　丙戌　四十歲

六月　清兵破金華，屠城，魯王兵部尚書張國維殉國。

順治七年　一六五〇　庚寅　四十四歲

侄立昌從里人處購得倪尚忠詩榜，《觀先大夫詩榜》當作於此年。

《觀先大夫詩榜》附録跋：歲庚寅，侄立昌喜從里人處贖得詩榜見示。

順治十年　一六五三　癸巳　四十七歲

勸吴氏嫂許侄一膺往從業師而學。

《龍池倪氏宗譜》卷八《明給諫株山倪老先生儲封太母吴夫人賢節傳》：無何，師以處久，不自安，從弟侄之請，固辭去。因擬再擇師。而親姑倪太君自義烏來，見之，曰：「歲計在春，豎子猶嬉耶？」太母爲道故。姑曰：「時師多任窳，所擇莫老生若者。」太母曰：「兒年十七，未嘗一日離吾膝，而許其終歲在外耶？」太君謂：「古學者十歲出就外傅。今十七，猶乳臭乎？」固趣之，始摧笈往從焉。

順治十二年　一六五五　乙未　四十九歲

作《中秋》。

《中秋》：四十九度中秋月，光華强半共愁看。

順治十五年　一六五八　戊戌　五十二歲

春，觀《秋山圖》有感，而爲《山居雜咏》絶句。

《山居雜咏》卷端《小引》：戊戌春，焚蕤小軒閲大癡老人《秋山圖》，偶憶前語，乃濡秃毫，追紀其意，得百四十餘絶，蓋皆家山野寂之景，聊攄俯仰今昔之懷，存幽居故事，與樵歌牧唱相和于雲深水流之外，不敢自以爲詩也。

順治十六年　一六五九　己亥　五十三歲

春初　《山居雜咏》絶句一百四十四首成。

《山居雜咏》卷端《小引》：時己亥春初凝香閣主人書。

順治十七年　一六六〇　庚子　五十四歲

作《自遣》。《四時宫意圖詩》疑當繫於本年。

《自遣》：百年過半還加四，日日無憂豈及前。

《四時宫意圖詩》下有小注「庚子」。

順治十八年　一六六一　辛丑　五十五歲

三月　贈董樵方竹杖。

陳維崧《湖海樓詩集》卷一《方竹杖歌爲萊陽董樵賦》：山東董樵忽見訪，入門手持方竹杖。……唤我同登大酒樓，此竹由來爲予説。今年三月游金華，丹梯紺壁凌朱霞。采芝偶入烏傷地，看竹閑過衛鑠家。此竹檀欒不易得，愛之拍手徒咨嗟。倪家女子非恒流，知有人間韓伯休。劚來恰贈一竿竹，伴我名山禽向游。

按：《湖海樓詩集》爲清康熙二十六到二十八年宜興陳氏患立堂刻本，有編年，是詩編入卷一辛丑年，故知贈竹事在三月間。

聖祖康熙元年　一六六二　壬寅　五十六歲

九月　得張以邁、倪晉騞《宫意圖詩》二序。倪序言梓行於仁吉六十歲，落款爲壬寅年，存疑。

《序》：時康熙歲次壬寅菊秋上浣蘧庵張以邁拜書於緑香堂。

《叙》：時康熙歲次壬寅重陽後五日侄孫晉騞敬撰并書。

《小引》：今以甲子既周，乃得請而壽之梓。……時康熙歲次壬寅季秋侄孫晉騞敬題。

康熙二年　一六六三　癸卯　五十七歲

《宫意圖詩》成。

《宫意圖詩叙》：時康熙癸卯春暮蘭陵年家弟張星瑞題於峴陽官舍。

康熙三年　一六六四　甲辰　五十八歲

得王灃、張德行詩稿二序。

《小序》：康熙甲辰長至日侄男一膺敬題。

《凝香閣稿序》：時康熙甲辰春月之吉賜進士出身任金華府知府年家眷弟虞山王灃息庵

氏題於樹滋之堂。

《凝香閣詩序》：時康熙甲辰孟冬潮水漁張德行書於孱愽山房。

康熙八年　一六六九　己酉　六十三歲

《夢先姑龔太孺人詩》當繫於是年前後。

《夢先姑龔太孺人詩》：夢魂猶得承顏色，語笑經違三十秋。

康熙九年　一六七〇　庚戌　六十四歲

冬　作《仕女圖》

義烏市博物館藏《仕女圖》落款：「庚戌孟冬，摹宋人筆意。倪氏仁吉。」

康熙十二年　一六七三　癸丑　六十七歲

六月二十六日　侄立昌卒，年五十八。

《龍池倪氏宗譜》卷八《啓君倪公傳》：卒於康熙癸丑年六月廿六日

八月　官府給銀建坊旌表。

《(雍正)義烏縣志》卷一五《人物志・前修・列女・國朝》：康熙十二年，奉旨給銀建坊，事詳《貞節録》。

《龍池倪氏宗譜》卷八《淑媛凝香主人傳附郡縣憲綱册》：同里士民公舉節孝。縣核報府，通詳學道、藩司，案呈撫院范〔一〕，以青年失偶，白首完貞具題。於康熙十二年八月，内部覆：奉旨依議，給銀三十兩，建坊旌表。

康熙十三年　一六七四　甲寅　六十八歲

三藩之亂，耿精忠兵勢至金華，《凝香閣詩稿》初刻書版毁於此時。

《清史稿・聖祖本紀》：(十三年三月)庚辰，耿精忠反，執福建總督范承謨幽之，巡撫劉秉政降賊。……(五月)壬午，浙江平陽兵變，執總兵蔡朝佐，應耿精忠將曾養性，圍瑞安。……(六月)庚戌，總兵祖弘勛以温州叛。金華副將牟大寅敗耿精忠將於常山。……(七月)癸酉，賴塔敗耿精忠將於金華。是時精忠遣其大將馬九玉、曾養性犯浙江，白顯忠犯江西，所至土匪蜂應。……十二月庚寅朔，傑書大敗曾養性於衢州，又敗之於台州。……(十五年冬十月辛酉)浙江官兵復温、處二府。

〔一〕即范承謨，見《(雍正)浙江通志》卷一二一《職官十一・國朝職官姓氏・文職・巡撫都察院》。

去世。

康熙二十五年　一六八六　丙寅　八十歲

《金華徵獻略》卷一五《貞烈傳·國朝·倪仁吉》：年八十，全節而終。